Romance dos desenganados do ouro & outras prosas

FERNANDO FIORESE

Romance dos desenganados do ouro & outras prosas

Rio de Janeiro, 2024

Romance dos desenganados do ouro & outras prosas

Copyright © 2024 Faria e Silva.
Faria e Silva é uma empresa do Grupo Editorial Alta Books (STARLIN ALTA EDITORA E CONSULTORIA LTDA).
Copyright © **2024** by Fernando Fiorese.
ISBN: 978-65-6025-017-8
Impresso no Brasil — 1ª Edição, 2024 — Edição revisada conforme o Acordo Ortográfico da Língua Portuguesa de 2009.

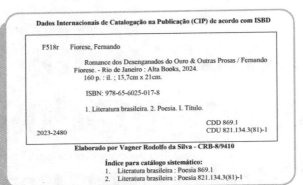

Dados Internacionais de Catalogação na Publicação (CIP) de acordo com ISBD

F518r Fiorese, Fernando
Romance dos Desenganados do Ouro & Outras Prosas / Fernando Fiorese. - Rio de Janeiro : Alta Books, 2024.
160 p. : il. ; 13,7cm x 21cm.

ISBN: 978-65-6025-017-8

1. Literatura brasileira. 2. Poesia. I. Título.

CDD 869.1
2023-2480
CDU 821.134.3(81)-1

Elaborado por Vagner Rodolfo da Silva - CRB-8/9410

Índice para catálogo sistemático:
1. Literatura brasileira : Poesia 869.1
2. Literatura brasileira : Poesia 821.134.3(81)-1

Todos os direitos estão reservados e protegidos por Lei. Nenhuma parte deste livro, sem autorização prévia por escrito da editora, poderá ser reproduzida ou transmitida.

A violação dos Direitos Autorais é crime estabelecido na Lei nº 9.610/98 e com punição de acordo com o artigo 184 do Código Penal.

O conteúdo desta obra fora formulado exclusivamente pelo(s) autor(es).

Marcas Registradas: Todos os termos mencionados e reconhecidos como Marca Registrada e/ou Comercial são de responsabilidade de seus proprietários. A editora informa não estar associada a nenhum produto e/ou fornecedor apresentado no livro.

Material de apoio e erratas: Se parte integrante da obra e/ou por real necessidade, no site da editora o leitor encontrará os materiais de apoio (download), errata e/ou quaisquer outros conteúdos aplicáveis à obra. Acesse o site www.altabooks.com.br e procure pelo título do livro desejado para ter acesso ao conteúdo.

Suporte Técnico: A obra é comercializada na forma em que está, sem direito a suporte técnico ou orientação pessoal/exclusiva ao leitor.

A editora não se responsabiliza pela manutenção, atualização e idioma dos sites, programas, materiais complementares ou similares referidos pelos autores nesta obra.

Faria e Silva é uma Editora do Grupo Editorial Alta Books

Produção Editorial: Grupo Editorial Alta Books
Diretor Editorial: Anderson Vieira
Editor da Obra: Rodrigo Faria e Silva
Vendas Governamentais: Cristiane Mutüs
Gerência Comercial: Claudio Lima
Gerência Marketing: Andréa Guatiello

Produtora Editorial: Milena Soares
Revisão: Alessandro Thomé e Ana Clara Mattoso
Projeto Gráfico e Diagramação: Rita Motta
Capa: Isabelle Bessa

Rua Viúva Cláudio, 291 — Bairro Industrial do Jacaré
CEP: 20.970-031 — Rio de Janeiro (RJ)
Tels.: (21) 3278-8069 / 3278-8419
www.altabooks.com.br — altabooks@altabooks.com.br
Ouvidoria: ouvidoria@altabooks.com.br

Editora afiliada à:

Pai mineiro, filho cavaleiro, neto sapateiro.
ADÁGIO POPULAR

Terra socialmente formada no Império, depois do grande surto setecentista, com cafezais sem-fim, lavoras ricas, mas igrejas pobres, cidades monótonas, sem a comovente beleza barroca das outras. Terra sem poetas, sem lendas antigas, sem mártires de causas mortas.
AFONSO ARINOS DE MELO FRANCO
(ACERCA DA ZONA DA MATA DE MINAS GERAIS)

Esta é uma obra de ficção.
Qualquer semelhança com nomes,
pessoas, lugares ou acontecimentos
reais é mera coincidência.

SUMÁRIO

SEXTINA COM NOTÍCIAS DA COMITIVA	1
ROMANCE DOS DESENGANADOS DO OURO	3
BALADA DO ALMOÇO DE SÁBADO NA PENSÃO DONA EDELWEISS	12
ERA UMA VEZ UM HOMEM	14
SONETO DA BOA MORTE	33
O BARBEIRO DE SEM-PEIXE	34
[DA OPULÊNCIA E DAS MISÉRIAS DO CAFÉ]	38
CRÔNICA DOS BARRANCOS	66
TESTAMENTO DE GERALDA CABINDA	73
PROSA DE BEIRA-ESTRADA	75
A HISTÓRIA SE REPETE	87
Tia Ritinha	87
Paulo Pacheco	88
Totonho Furtado	89

AUTO DO Ó OU DA EXPECTAÇÃO DO PADRE 90

RECLAMES PUBLICADOS POR OCASIÃO DA VISITA DE D.
PEDRO II À CIDADE DE LEOPOLDINA EM ABRIL DE 1881 108

VIAGEM DE ACABAR OU LEOPOLDINA *REVISITED* 109
    Primeira estação 111
    Segunda estação 112
    Terceira estação 114
    Quarta estação 115
    Quinta estação 116
    Sexta estação 120
    Sétima estação 122
    Oitava estação 123
    Nona estação 125
    Décima estação 126
    Décima primeira estação 128
    Décima segunda estação 129
    Décima terceira estação 130
    Décima quarta estação 131

À ESPERA DOS CARCAMANOS 132

TRIBULAÇÕES DE UM HISTORIADOR DA PROVÍNCIA 134
    Introdução 134
    As cidades como os homens 137
    Do herói-civilizador 139
    A história vista de baixo 142
    Conclusão 147

RONDÓ DAS COUSAS POR QUE FICARAM 149

SEXTINA COM NOTÍCIAS DA COMITIVA

Ao André Capilé

Que as bestas andam juntas mais ousadas...
GREGÓRIO DE MATOS GUERRA

O que carregam de alheio os serventes
(Um velho, outro moço, três mulheres)
— Afora as foices e mais tantos trastes,
Dois meninos também, de colo ainda,
Quando as mães cansam deles na carroça —
Pesa menos que o oco do caminho.

Quem augura as ciladas do caminho,
De cima de um cavalo que os serventes
Cobiçam mais que a sombra da carroça,
Bem despreza a lamúria das mulheres,
E presságios de pretos mais ainda;
Sabe o silêncio assentar em trastes

E tirar dele o rumo desses trastes
Que, há muito, empestam o caminho,
Sejam bichos, bandidos ou, ainda,
As coisas que do demo são serventes,
E molestam o sono das mulheres,
Quando não perdem mulas e carroça.

Porque mal e aos trancos a carroça,
Foi preciso apeá-la dalguns trastes
Para maior conforto das mulheres.
Cômodas e sofás seguem caminho
No lombo das escravas, que os serventes
Cuidam de dar folga às mulas ainda.

Quando cruzou o Pomba, sem ainda
Haver muda sequer para a carroça,
Já a comitiva mal tinha serventes
Com algum préstimo; deram os trastes
De pegar a terçã desses caminhos
Para agravar a pena das mulheres.

Onde é coisa que cismam as mulheres;
Um mineiro não faz conta do ainda
— Por inteiro no agora do caminho,
Tem mais léguas que o pau desta carroça
E sabe que o ouro apura entre trastes,
Entre fortuna e azar, seus serventes.

Sem serventes por ora, as mulheres
Estão uns trastes — e demora ainda
A carroça nas mortes do caminho.

ROMANCE DOS DESENGANADOS DO OURO

Ao leitor desde já convém dizer
Que muitas outras vidas atravessam
Anônimas as linhas que vai ler;
E se não dão as caras nem dão trela,
É mercê procurar entre os fantasmas
Que assomam junto às cruzes esquecidas
Pelos caminhos e trilhas da Mata,
E maculam os álbuns de família
Com suas misérias, seus medos, suas taras,
E tramam as mais esconsas verdades
Pelas brechas onde a História turva.
São espectros de toda laia e praxe,
A pungir com suas dentaduras duplas
Os mitos e a medula das Geraes.

Porque nulo há muito o édito real
De hum mil, setecentos e trinta e três,
Primeiro os de pouco ou nenhum cabedal
(Que a barriga não faz caso de leis)
Meteram-se pelos Sertões Proibidos;
Levas de oleiros, pintores, ferreiros,
Putas, boticários e carniceiros,
A ver se achavam um qualquer arrimo
No oco exílio daquele mar de morros.
Como era de prever, gentes de nome
Debandaram também — e, com mor fome
De terra e poder, trouxeram seus monstros.
E todo o mais (como antes nas Bandeiras)
Deu-se, por assim dizer, de gargalheira.

Com o ouro mais e mais raro ou revés
E a fome crescendo às arrobas nas minas,
Antônio deu que era chegada a hora
De largar de vez a fula Balbina
E a prole que tinha dela e de outras
Três mais, em número acima de dez;
Melhor juntar o pouco numa trouxa
E escapar daquela tabuada de menos
Que disputar os ossos com os seus;
Melhor tentar da vida algum remendo
Que morrer pelado feito o Hebreu;
Melhor rojar-se aos Sertões do Leste,
Sujeito aos ardis do próprio Demo,
Que uma fortuna tão má e tão prestes.

Sem Antônio e outros, que nos eixos
Mantinham a máquina da escravaria,
Licurgo entendeu que devia dar jeito
(Enquanto valor nelas inda havia)
De fazer dinheiro de suas grupiaras,
Terras e casas; também passar nos cobres
O que de pouca ou nenhuma valia
Entre bens de fôlego e utensílios;
Aviar a família e o quanto prestasse
Dos escravos, petrechos e alimária;
E assim, antes que a miséria rapace
Viesse tomar as últimas oitavas
De suas catas, ir de pronto juntar-se
Aos tantos lançados na penosa diáspora.

Por que caminhos e picadas deram
— Antônio, só e ligeiro o mais das vezes,
De pouso em pouso, Licurgo e os seus —,
Em mapa ou diário não cuidaram eles;
Certo é que foram vários e desiguais,
Arrostando, por graça do mesmo Deus,
Iguais monstros de estampas medievais,
Todos de muita fome e maior breu;
Certo é que foram pasmos e feros
Os meses cumpridos nesse estirão.
Assim, por cobra, Antônio perdeu
O dedo médio da destra, e Licurgo
Deixou em chão incerto um neto seu,
Chagado e morto por algum mal brusco.

Mais certo ainda é que tanto Antônio
Quanto Licurgo, cada qual a seu tempo,
Toparam o mesmo lugar anônimo
Entre o Pomba e o Paraíba do Sul;
Licurgo mais a família, em novembro,
Tomaram posse de sua sesmaria;
Antônio tentou a bateia no Angu,
Pois a febre d'oiro inda lhe ardia.
O que ambos encontraram nos ditos
E mal-afamados Sertões Proibidos,
Além de arremedos de povoação
E umas poucas fazendas de cultura,
Nada tinha de inferno ou paraíso
— Terra apenas, a mais banal e bruta.

Como ali não havia ouro ou diamantes,
Por mais que Antônio teimasse nos corgos
E rios da Mata, as artes do garimpo
Pouco prestavam naquele chão; antes
Soubesse cousas de roça e criação.
Em sendo homem de tino e talante,
Deu de aprender toda e qualquer função:
Do amanho da terra à lida com bichos,
Dos calos da faca aos tratos do tiro;
Pois em lugar sem furos de progresso,
Qualquer mister tinha monta e valia;
E se há o que isto prove e comprove
É que muitos logo usavam dos préstimos
Do que alcunharam Antônio dos Nove.

E porque mansos os índios puris,
Ou dados a morrer por qualquer gripe,
Licurgo achou que era dever cristão
Esforçar os corpos deles nas lides
De tirar da mata a planta poaia,
A qual fazia vender na Corte então,
A fim de lograr a devida paga
Por sua pia e aturada compaixão;
Ademais, nos seus puris não havia
Um único sem o justo batismo,
E sempre que o comércio permitia
Ou o gentio cismava outro destino,
Tratava de mantê-lo sob sua guarda
— A servidão em troca de cachaça.

Como faltasse gente e abundasse
Toda sorte de mato, mosquito e morro,
Antônio tomou certo provérbio no osso
— A saber: "aquilo que não se tem, faz-se" —,
Arregaçou as mangas e, sem demora,
Ganhou fama por pegar qualquer serviço
(De menos matar criança, moça e padre);
Dias e noites no mesmo e igual cilício
De derrubar mata e domar cavalo,
De caçar pretos e mais tantos bichos
De comer e de usar; nada lhe veio dado,
Para fazer sua posse foi preciso
Despachar bem uns três ou quadro e, pasme,
Destinar algum às burras do padre.

Não havendo ali um reles Juiz de Paz,
E muito menos Guarda Nacional,
Licurgo assentou de virar Capitão
E tomar o sobrenome Amaral,
Que assim não dava sinal nem sazão
De ser achado por algum credor
Ou aqueles parentes que deixou
Na mais redonda e tenaz precisão.
Mesmo a patente com que se crismara
(Nesta terra, título é aguarrás),
Embora fosse não mais que migalha
Ante o fausto que ficou para trás,
Deu-lhe altura, arbítrio e armas para
À sua sesmaria ajuntar outras mais.

Foi botar o primeiro paletó
E Antônio achou que era gente bem.
Por qualquer ó amargava o jiló:
Bastava um desavisado teimar em
Tratá-lo pela alcunha Antônio dos Nove
E era um deus nos acuda — dando sorte,
Ganhava só uma descompostura;
Àquela altura, Antônio não admitia
Fizessem troça da sua desventura;
Podia faltar-lhe um dedo, mas tinha
Seus negócios, suas posses, sua valia;
Faltava-lhe também nome de família,
Que o seu, rapa de senzala, não convinha
Em terras já com ares de baronia.

Posto que essa cousa de muita cultura
Nunca presta, seja nas gentes, seja
Para a lavoura, Licurgo aferrou-se
À moda do café como mui benfazeja;
Largou de vez a poaia e os puris,
Juntou quantos pretos escravos pôde,
Fez escalvar o cabeço dos morros
E meter mais e mais café em todos.
Acresce a isto que o Capitão Licurgo
Deu de haver-se com cousas de política,
Foi dos liberais inteiro verdugo,
Sem admitir a mais pequena crítica
À impoluta imagem do Imperador
— Um Deus na Terra, sem tirar nem pôr.

Porque nome se compra no cartório
Ou no altar, Antônio ajustou que
Ficava bem mais em conta o casório
Co'alguma dona à cata de tal mercê.
Porque com bem mais de vinte anos, muito
A contento, calhou que Sinhá Laura,
Dentre as que ardiam por uma grinalda,
Reunia mais que os precisos atributos:
Além dos anos, tinha de vantagem
Ser mais ou menos provida de nádegas,
Inda que faltasse graça aos remates
E de gênio fosse algo esquipática;
Mas, de Laura, o maior capital
É que vinha a ser do clã Amaral.

Como é já de todos bem sabido,
O Capitão Amaral resistiu quanto
Pôde aos avanços de Antônio dos Nove;
Por ele, antes a filha sem marido
Que emprestar o sangue àquele sicrano,
De quem não tinha as modas nem o molde.
Entanto, Laura cismou que era Antônio
Ou se atirava no Pomba a doidivanas.
Ninguém dirá que foi sem pejo e assomo
Que Licurgo engoliu afronta tamanha,
Entregar justo a caçula àquele merda
E, ainda por cima, ter que dar festa.
Mas viu depois que não foi mau negócio
— Passar por parvo prestava ao propósito.

Como asseveram num dito os reinóis,
"Casamento e mortalha no céu se talha"
— E muita vez, esta vem logo após.
E foi assim a cousa, pois os noivos
Seguiam rumo de casa quando deu-se
A tocaia por que Laura ficou viúva,
Viúva porém casta, como convinha
Ao sangue do clã e à correção pública;
E mais ainda serviu este "Noves fora"
(Do caso assim cuidavam à boca miúda)
Às finanças do Capitão Amaral;
De todas, a conta que mais deu sobra:
Bem medidos, por volta de dez alqueires,
Algum gado e muita mata de bom pau.

Quanto a Antônio dos Nove, assento
Que teve velório e cova de cristão,
Mas longe do jazigo dos Amaral;
Não tinha mesmo nenhum cabimento
Um tipo daqueles meter como igual
Entre gente bem – inda mais sendo pardo,
Com modos do pior povo e outros calos.
Assim foi que a viúva se fez de,
E por uns dias chorou na roupa suja
(Que é lugar quente); ao menos até que
Chegou de Juiz de Fora um primo primeiro,
Talvez a mando do próprio Licurgo,
Que Laura carecia doutro brinquedo
E de alguém para engordar seu pecúlio.

Fora de metros, como sói se dar
Quando se trata de ajustar as contas
Com as gentes e feitos mais trevosos
(E que emprestam à pena o seu desar),
Esses versos assim de nula monta
Hão de desagradar os mui ciosos
De datas, de lugares e do mais
Que rubricam as páginas da História
Com a versal que tanto lhes faltou
Quanto sobrou horror a essas Geraes.
Porém, não digam mal desta memória,
Pois, se em fatos e anais não se estribou,
Ao leitor cumpre reclamar que entenda,
Muita vez é maior verdade a lenda.

BALADA DO ALMOÇO DE SÁBADO NA PENSÃO DONA EDELWEISS

Muito embora inimigos figadais,
Por conta do pecúlio de seus pais
(Rixa que os punge há década ou mais,
Com prós e contras para ambos iguais),
Não era na Pensão Dona Edelweiss
Que tratavam de provas tais ou quais,
Mesmo com o olhar óbvio de animais
Quando a presa disputam — e ademais,
Camuflam com cuidados rituais
O tento dos que têm sanhas que tais.

Domingo, almoço é mais que sagrado,
Mesmo a estirpe adversa em dois sobrados.
Mas sábado, comer tem outro grado;
Então, em tudo avessos, mas ao lado,
Reúnem da linhagem os bocados,
Iguais para o prazer dos preparados
Da tal Dona Edelweiss — ambos calados,
À espera da fumaça dos assados,
De um arroz com feijão de predicados
E meros vegetais ainda orvalhados.

Que cozinha esta, assim tão sem trejeitos,
Com poder de, aos sábados, dar jeito
(Mesmo com acanhado e breve efeito)
Nas turras que a nenhum prestam proveito?
O fato é que, num reles prato feito,
Conjuga-se o comer mais que perfeito,
Verbo sem tempo, modo ou sujeito,
A ponto que se esqueça qualquer pleito,
Exceto a sobremesa, de direito,
E o café — que daí a rima ajeito.

É de Dona Edelweiss, alta magia,
Mudar menos em mais e, neste dia,
Fazer com que os rivais Isaac e Elias
Se entreolhem e, por fim, de si sorriam,
Pois lamber o prato era o que queriam.

ERA UMA VEZ UM HOMEM
(Poema desentranhado das memórias de Belmiro Braga)

I.

Pois meninos, eu vi! E ao então
De meus olhos, afeitos mais à míngua
Que às pompas, foi tal uma aparição.

Vinha eu de cumprir missa dominga,
En pleine flânerie pelas calçadas
Do centro, um teimoso trava-língua

A entreter o palato e as passadas
— Bizarria de moço ainda glabro,
Sem olhos para as Vênus encarnadas

E às voltas com um fado mui escabro.
(Cuidava que apurar a própria voz
Era o destino tomar como fabro.)

Tão *gauche et veule* quanto o albatroz
Do poeta, estava então diante
De um palacete quando um catrapós

Arrastou meu olhar no soflagrante
Para a esquina próxima — da rua
Santo Antônio com Halfeld. Foi bastante.

O pasmo (e que ao leitor instrua
O caso de que fosse um capiau
De doze anos, a pátina inda crua),

Pasmo que teve um *coupé* como cau-
Sa, junto com o garbo do cocheiro,
Cavalos em parelhas sem igual,

E o *gentleman* que lá ia passageiro.
Da carruagem guardo na memória
O austero fulgor que, de primeiro,

Prezavam como regra compulsória,
Tanto o remediado quanto o rico,
De suas praxes, bens ou oratória.

Tal lembro, e assim dou fé e certifico,
O verniz do *coupé* lhe emprestava ares
De coisa muito moça no fabrico,

Mas sem berloques e demais desares.
Na portinhola, sob uma coroa,
Dois CC entrelaçados e invulgares

Apenas rubricavam, não por proa
(Tanto que de feitio esconso e breve),
O título chegado de Lisboa.

Veio a saber depois este que escreve
Não eram nada moços o *coupé*,
O solar e, tampouco, vista a neve

Em sua fronte, o homem senhor e
Dono deles. Já quanto ao cocheiro
Direi que usava, por certo mercê

Do amo rico, cartola e fraque inteiro.
O metal dos arreios refulgia
Nos cavalos iguais e sobranceiros,

Como feitos da mesma fantasia
Dessas novelas de capa e espada.
(Daí bem cogitei que se podia

Metê-los num lameiro sem um nada
Macular suas patas ou seu pelo.)
O fato foi que o *coupé* fez parada

A algumas braças e, com muito zelo,
Mas não sem depor antes a cartola
(Um gesto para mais enobrecê-lo),

Fez o cocheiro abrir a portinhola,
De onde saiu um homem alquebrado,
Embora alto, ao menos na cachola

De um rapazote nascido e criado
Entre a gente menor de Vargem Grande,
Menor na altura e nos poucos costados.

Decerto não era um joão-fernandes,
Nem tinha dos Pachecos os trejeitos;
Que provinha de alguma casa-grande

Estava bem visto, mas pelo jeito
Não ignorava os salões do *grand monde*,
As tripas da política, seus preitos,

Suas traições. E mais o quanto esconde
A tabuada atroz do capital
Em arapucas que ninguém diz onde.

Na ocasião, não pensei coisa igual.
O homem galgava os degraus da mansão
E era como trepasse um pedestal.

E para meu maior espanto então,
Deram conta os colegas do Atheneu
Mineiro dos anais do figurão

— Assim muito por alto, tal quem leu
Do romance não mais que uma resenha.
Para aclarar a história em seus breus

Queimei bem uma braçada de lenha;
Também gastei as pestanas e mais
Muitos dedos de prosa, pois convenha

O leitor, por esses Matos Gerais,
Primeiro na palavra se apurou
As artes da tocaia, porque atrás

Daquela se arma os mesmos *jeux enclos*
Entre silêncio, cálculo e assalto.
A pouca idade em nada me embargou

De assuntar, como ao acaso e cauto,
Serviçais, professores e colegas,
Acerca do homem para o qual, ressalto,

O menino que fui não tinha régua.
É dar prosa a fulanos e sicranos,
Não demora e algum beltrano entrega.

Mesmo a vida do tal não sendo arcano
Maior que aquela de um outro qualquer,
A questão era que, a todo pano,

Espalhavam as penas de aluguer
E a gente que se toma por matraca
Tanto o debalde quando o de mister,

Tanto o sabido quando o que embasbaca,
Tanto a crônica quanto o faz de conta,
Tanto o de salão quanto o de cloaca.

E quando dei acordo, de tal monta
Eram as peças do quebra-cabeças
Que me custou cinquent'anos a afronta

De botar no papel, antes que esqueça,
Esse retrato breve e sem retoques,
O qual ao leitor rogo que encareça.

II.

Antes de ter praça na *Belle Époque*,
O português de nome Henrique Coelho
De Sousa — e não tome por remoque —

Deu-se às bruacas, embora um fedelho
— Às tais bruacas que, em tempos idos,
Eram os trens mais ricos e mais relhos

De que um mascate tinha guarnecido
O seu muar, de modo a fazer delas,
Cornucópias dos trastes mais sortidos.

E bem assim, com as muitas mazelas
E alegrias contadas de cometa,
Este filho do Porto martela

Pelos caminhos das terras baetas,
Sem apanhar senão o de-comer,
Sem tempo ou lugar para venetas.

Afora, conforme ouvi dizer,
Por um pobre cavalo que trazia
De seu — e a mula que era de dever —,

Foi dos turcos (que ainda nem havia)
Um parelho e deu seus anos de moço
Neste dó de nonada e travessia.

De ordinário, ninguém chega ao osso
Dessa quadra da vida do rapaz
De antanho. Mas em sendo mero esboço,

Não obra de cronista contumaz,
Estribo o quanto acima vai escrito
Na história dos mascates de lá trás.

Não consta nem confio que o nosso dito
Fez nome entre os iguais das redondezas.
Pelejou na função, cumpriu o rito

De se meter com terçado e presteza
Nos torcicolos das tantas picadas,
Sempre à cata de mais gente freguesa.

Nenhum escrito, testemunho, nada
Registra o périplo deste tripeiro
Por um chão de rasuras e charadas.

De certo, tinha um pouso costumeiro
Na Fazenda Belmonte, bem do lado
De Matias Barbosa, paradeiro

De viajantes de todo canto e grado.
É de supor que Henrique não durava
Muito no lugar, ao menos fiado

No que o comum do seu mister ditava:
"Cometa que não anda, freguesia
Debanda". Mesmo co'a faina sem travas,

Quase nunca a fortuna lhe sorria.
Nessa toada, apanhou idade,
E quando a madureza já batia

Os rastos da velhice — na verdade,
Largou dos ossos com mais de cem anos —,
O caso tomou outra qualidade.

Não por conta de um pacto faustiano,
Que a co isa tem mais a cara e o jeito
De um chiste de viés machadiano.

III.

Calhou de passar ao mais-que-perfeito
O dono da Fazenda do Belmonte
(E se dele não dou nome a preceito,

Não é porque a História não aponte,
Apenas faltou rima que lhe emende);
E com partidas de café aos montes,

Dona Maria da Silva Resende
Ficou sua viúva — já de idade,
Sem filhos, mas com um *modus vivendi*

Que enjeitava qualquer afinidade
Com números, negócios e que tais.
Seja por cupidez ou caridade,

Irmãos, sobrinhos, primos e demais
Deram de oferecer os seus favores
À dona de tão largos cafezais.

Talvez por conta desses pundonores
Travestidos de "Não quero amolar
Parente meu" ou "Quem tem seus calores

Que ache o refresco", sem pestanejar,
A viúva assentou que o melhor era
Largar de vez o luto pelo altar.

Às favas com o senso e o deveras,
Que o caso era direito e tinha pressa.
De mais a mais, não se dava a quimeras

Nem mesmo quando moça, ora meça!
Entre ditar o enredo e escolher
O ator, Dona Maria não deu meças

Às candongas. Sem comos nem porquês,
Entregou o papel de seu marido
Àquele de quem tinha mais a haver

Do que a dever. (E um velho conhecido
Me quis fazer crer que a Dona Maria
Faltava o tino mercantil devido.

Um baita engano!) Quem melhor servia
Aos seus fins era o português Henrique,
Por razões que prezava em demasia:

Não trazia ele nem chique nem mique,
Mas sabia de números até;
Embora de anos, não tinha arrebiques,

Pareils à des acteurs des drames très
Antiques; porque fosse da terrinha,
Se lhe podia emprestar uma *arkhé*

Fidalga, dessas tantas mentirinhas
Que bem agradam nos salões; por fim,
A idade par dos dois muito convinha,

Que ela, como luxúria, tinha o *spleen*,
E pouco tolerava de fadigas.
Sem intrigas de gastos folhetins,

Deu-se o casório — e o mais são cantigas.
Coisa digna de nota foi o jeito
Como o casal partiu suas obrigas:

Dona Maria se incumbiu dos preitos
Com as obras católicas, ao passo
Que o marido tratou de impor respeito

Aos escravos, decerto co'o baraço
Na mão dalgum feitor. Aos fazendeiros
Dos arredores, graças aos inchaços

De *nouveau riche*, pareceu certeiro
Nos negócios, um ás do capital.
Tanto que logo estava ele um parceiro

Entre os homens de prol, desde os mais al-
Tos da província até os *habitués*
Do Senado e do Paço Imperial.

As altas do café, neste entremez,
Fizeram engordar seus cabedais
E sua fama se estender de vez,

Com não poucas hipérboles, às quais
A tempo e hora, "Seu" Henrique deu
De ajuntar certos feitos por demais

Invulgares. E muito zebedeu
Fez pouco. Outro tanto fez chalaça.
(Assim foi que um cronista escarneceu:

"Quando a lenha é boa não faz fumaça")
Mas de jeito maneira que as empresas
Do fazendeiro mancavam de graças.

Muito pelo contrário! A proeza
De suas obras nunca descambou,
Mesmo nas de maior prumo e largueza,

Em proas, loas, toas ou enjoos.
Afora o palacete e o *coupé*,
A imprensa do período registrou

O casarão que ele mandou erguer
Na Fazenda Belmonte, e também
A estação de trem feita em molde inglês

No mesmo trecho e que, embora sem
Grandes petrechos, foi *sine qua non*
No embarque de café — sacas de bem

Uns vinte fazendeiros (talvez mon-
Ta até maior) desciam para o Rio
Pela estrada de ferro dita Dom

Pedro II. Menos pelos brios
Que por seus contos de réis, o ex-mascate
Foi percebido do bom alvedrio

De dois monarcas. Não há quem relate
Como ou quando se cumpriu a empreita
Que o fez virar Visconde e, de remate,

Conde de Cedofeita. Aproveita
Dizer que pouco ou nada se tem
Acerca das razões da mercê feita

Pelo rei Dom Luís I, além
De registrar, no título, o nome
Da freguesia de onde partiu em

Data incerta o futuro gentil-homem
Para o seu *tour de force* de migrante.
No Brasil, o café lhe deu renome,

Muito porque Fialho se fez antes
(um Fialho d'Almeida sem pasquim,
Mas de fortuna igual, mesmo abeirante

Aos setenta anos). E foi bem assim
Que o título de Conde lusitano
Tanto se lhe ajustou ao manequim.

A ponto de, com modos os mais lhanos,
Como convinha a D. Pedro II,
Receber na Belmonte o soberano.

E pôde, então, todo gloriabundo,
Apresentar a Sua Majestade
Feitos nos quais gastou mundos e fundos:

Uma orquestra que era uma raridade
Mais um corpo coral de vinte vozes.
Não muito bem orquestra de verdade,

Mas dessas bandas com algumas doses
De erudição e repertório de
Missa — e se não tinha virtuoses,

Trazia *quelque chose d'ardent et
De triste*, tal mais ou menos ouvi
Do insigne Professor Louis Andrès,

Dos poucos a dar conta do cariz
Daquele cativeiro musical.
Posto que, do trombone ao flautim

Eram todos escravos, por cabal
Sujeitos ao tenaz e igual gravame
Do trabalho malsão no cafezal.

A mesma servidão crua e infame,
Que muda os corpos em bestas de carga,
Impõe às almas alheios ditames.

Então se dá que a música, de ilharga,
Traduza os naipes e os metais de tão
Tamanha pena, pois que nada embarga

(Nem o maestro mais destro e catão)
As guturais do sangue em seus arrancos
Contra os arames e as versais do não.

IV.

Porque há pouco largara os tamancos
Dos pais galegos — e também por conta
De fazer um juízo ainda manco

Das gentes e do mundo —, deu-se em conta
Mais sobeja o assombro do menino,
Que a madureza d'agora confronta

Com a História, seus sujos intestinos.
Pois não serei eu a purgar os crimes
De quantos apanharam prumo e pino

Na empresa mais atroz do *ancien régime*:
O comércio de gente feita escrava.
Nada, ninguém, razão alguma exime

Quem, por este Brasil fora, armava
Seus pequenos Valongos, pois, ainda
Que acanhados, as dores empestavam

Esses muitos mercados — dor cabinda,
Dor cassange, dor congo, dor benguela,
E mais outras que o nome não deslinda.

De tudo quanto meteu para as goelas,
Muito o Conde tirou da compra e venda
De cativos. E enquanto andou na sela,

Pendurado de prendas e comendas,
Não tolerava festa entre "seus pretos",
Pois que festa é ensaio de contenda.

Em suas terras era ou no eito
Ou no relho. E o mais que me contaram
Não grafo por pudor nestes tercetos.

Não obstante o que os anos aclararam,
Confundiram-se muitas das passagens
Dos antanhos do Conde, se apagaram

Traços cabais do nosso personagem,
Ainda que me não tenham faltado
Testemunhos e a grã camaradagem

Dos cronistas locais. E tendo dado
Dele sumir das gazetas de vez,
Meti o caso no rol dos malogrados.

Até que em mil novecentos e três
Somei meu nome numa subscrição
(Foi outro espanto, mas não tão soez

Quanto se deu co'o menino de então).
Homens das letras, artes e ciências
Rogavam o favor dos bons cristãos

Na coleta de fundos com urgência,
A fim de honrar os mui vultosos custos
De um leito no Hospital Beneficência

Portuguesa, no qual, mais que vetusto
E sem nenhum tostão, o Conde de
Cedofeita aguardava que o Augusto

Condão da boa morte lhe vales-
Se. Para assim, sem outros embaraços,
Embarcar no fatídico *coupé*.

V.

Por pouco não figura um calhamaço,
O que se pretendia uma notícia
Em linhas rápidas e sem inchaços.

De todo modo, à inteira imperícia
Do cronista aprendiz não se atribua
Os lapsos desta história sem malícia.

(Tal e qual as memórias que fez suas
O compadre Gilberto de Alencar
— À ficção convém essas falcatruas —

Na voz de um certo Gudesteu, a par
Do que viveu e desviveu. Mas fica
O caso pr'a outra vez e lugar,

Que este parêntesis já me complica.)
Fato é que, quando o Conde se finou,
Em dia e ano que ninguém rubrica,

Não apenas seus bens o diabolô
Do destino, desde há muito, tratara
De dispor ou meter num bololô

Dos diabos — contendas em cem varas
Ou mais de uma porção de tribunais.
Também quando a ruína deu as caras,

Esqueceram do Conde os comensais
De ontem, e mesmo os amigos mais caros
Ao seu bolso mudaram em cabais

Estranhos, como em texto sem reparos,
Grafou um jornalista anos depois.
Do acaso de Fialho ao preclaro

Fazendeiro, Henrique fez-se e foi.
Fez-se de Conde, teve escravos e
Fazendas, teve cafezais e oi-

Ro, teve palacetes e o *coupé*
(Aquele mesmo que me pôs paspalho),
Mas foi fiado, sem dó nem mercê,

Pelos banqueiros, com tanto escangalho
Que até cova ganhou de mão alheia.
"Quem veste seda que guarde os retalhos."

É desses ditos que ninguém tapeia,
E quadra bem como moral da história.
Mas se aqui cabe algum remate, creia

O leitor, para mim é compulsória
A máxima que, pela *vis* gaiata,
Fez do Bruxo do Cosme Velho a glória

E a graça: "Ao vencedor, as batatas!"

SONETO DA BOA MORTE

E de três coisas eu não abro mão.
Primeira: que não seja de tocaia.
É pegar o estrupício pela frente,
Olhar bem dentro lá das fuças dele
E contar quem pagou pelo serviço.
Tem que saber que não foi por engano.
Se tiver como, deixa o desgraçado
Encomendar a Deus a própria alma.
Segunda coisa: quero tudo em dia
De céu claro — velório, se tem chuva,
Fica triste demais. Última coisa:
Despacha o infeliz num tiro só.
Nunca que quero ver parente meu
Estrebuchando no meio da rua.

O BARBEIRO DE SEM-PEIXE
(Outro poema desentranhado das memórias de Belmiro Braga)

Fins dos anos de mil e oitocentos,
Quem pelos longes de Sem-Peixe adentro,
Duas coisas apenas esbarrava:
Penúria e pecado. A farmácia
Para estes tais e outros males mais
(Seus derivados, mesmo desiguais)
Demorou muito até remediá-los.
Nem quando, sob as ordens do vigário,
Fizeram amarrar em três troncos
Na rua das Taquaras — para assombro
Dos raros forasteiros — os amásios
Que enjeitavam cumprir o desagravo
Do altar, o povoado ganhou jeito
Cristão. No miserê, nem dou cotejo
Com outros arraiais destas fronteiras,
Deveras muito iguais no que respeita
Ao desazo das ruas e das roças.
Também da mesma laia no que importa
De língua dura e mão analfabeta.
Tudo quanto escreviam por lá era
Com as minúsculas do pau de enxada
Ou na letra corrida da espingarda.
Por qualquer vírgula a mais ou de menos,
Caboclo descambava no blasfemo.

E era de juntar mãos quando a contenda
Metia em cena um aleijão apenas.
Raro era o quiprocó que dava em riso,
Tal como aqueles em que andou metido
Fígaro, um barbeiro de Sevilha.
Em Sem-Peixe, a menor dessas quizilas
Enredava compadres e parentes,
Também os agregados e uma gente
Que, por nojo, capricho ou barganha,
Dava de tomar como sua a sanha
De outrem. Mas qualquer meia patranha,
Que nem as do barbeiro lá da Espanha,
Perigava o sujeito ter seu fecho,
Sem nem ocasião de abrir um terço.
E ai de quem, por arte ou azar,
Ousava gracejar com o cartaz
De um qualquer Coronel ou se indispor
Com as tais cócegas de algum Doutor!
Em Sem-Peixe não tinha vez um tipo
Feito Fígaro, tanto que Belmiro,
Primeiro e único barbeiro de
Ofício no lugar, era a mercê
Em pessoa, cioso e malabar
No trato, seja quando com um ás,
Seja com o mais reles dos curingas.
Se o tempo não lhe deu muita tarimba
Com tesoura e navalha (que era pouca
A freguesia e uma coisa à toa
Os cortes que pedia), bem depressa
Ficou perito em engrolar conversa,
Em esticar silêncios, sempre à parte
Das pendengas, dos dares e tomares

Entre os graúdos do lugar, que não
Passavam de uns matutos de surrão
E alpercatas. Assim Belmiro fez-se
No ofício, apesar de um cacoete
Que pelas circunstâncias apanhou,
Mas lhe foi de proveito e de louvor.
Se um viajante num dia de verão,
Com a barba naquele tamanhão,
Que nem ninho de guacho, assuntava
Por um barbeiro no armazém do Nava
Ou no bar do Zé Esteves, no armarinho
Dos Mendes ou no empório do Godinho,
Era certo que ia mandado para
A casa do Belmiro, o Mortalha,
Alcunha, quase sobrenome, que
Lhe deu o vulgo com muito porquê.
Coisa por demais fácil dar na casa
Do Belmiro: a pessoa pegava
A rua ali da máquina de arroz,
Ia até quase no final, depois
Era quebrar à esquerda, direção
Do grupo, tinha a venda do Ruão,
Passava aí três casas, o Belmiro
Morava bem na quarta, um angico
Defronte. Três palmas, um ô-de-casa
E de pronto o Belmiro dava as caras.
Muito solícito, fazia as honras:
"Não precisa ficar de cerimônia.
Vamos entrando! É casa de pobre.
O amigo não repare na desordem,
Que a patroa está fora. Mas dê cá
Esse chapéu e já pode deitar

Aí na cama." Ao freguês causava
Espécie uma cama assim na sala.
E que dirá deitar nela. Mas logo
Emendava o Belmiro: "O negócio,
Seu moço, é que não tenho mais jeito
De fazer a barba de qualquer sujeito,
Seja assentado ou de pé, que desde
Que engrenei nesse ofício no Sem-Peixe,
(Depois de andar de braços com o Cujo)
O mais que fiz foi barbear defunto."

[DA OPULÊNCIA
E DAS MISÉRIAS DO CAFÉ]

Ao Cornélio M. Marques, de Espera Feliz
Ao Edimilson de Almeida Pereira, de Juiz de Fora
Ao Tadeu Costa, de Cataguases

Não tenho estudo nem lustro,   *Arrieiro*
Sou de ontem, de tresantontem,   *por ofício*
Arrieiro por ofício.
E a mando de Bené Fontes,
Tropeiro de nome, desde
O Paraibuna até onde

Lá no Doce o Matipó
Deita água, desde os Tombos
Até os Tebas. E empresto
Da mercê, lição e abono
De Mestre Bené a soma
Dos tantos anos que conto

Em corgos, rios e vaus,
Em roças, vilas, cidades,
Em mulas, morros, tocaias,
Em picadas sem idade
E estirões de toda classe,
Onde o oco mais desabre.

Se falo assim no de-arranco,
Bem no compasso da tropa
Quando o barranco obriga,
Pra frente, capaz que a prosa
Demora ou empaca,
Tempo apenas da memória

Arriar suas bruacas
E vasculhar os gerais,
Que um arrieiro carece
Ter recreio do demais,
Cotejar o burro-guia
Antes de apontar finais.

Não digo foram primeiras,
Nos ermos desse sertão,
As tropas de Bené Fontes
(Pra mentira não dou chão),
Mas, pelo que me respeita,
As mulas na minha mão

*Amansar
picadas*

Muito fizeram no fito
De amansar as tais picadas
Feitas pelos coroados
Ou bichos de toda igualha.
Quanto mais cascos passavam,
Mais ficavam assentadas,

Alargadas e compridas
As veredas pela Mata,
Muito além do Muriaé,
Por esta e outras entradas
Nas margens do Paraíba
Ou desde as mais retiradas

Bandas das Minas Gerais.
Também Seu Bené mais eu,
Que nem tantos mais, tratamos
De abrir no facão o breu
Desses matos, onde muito
Finou ou endoideceu.

Isto era e foi um nada,   *No começo,*
Um nó, um nunca-acabar   *era o fim*
De légua mais légua até
Dar a sorte de esbarrar
Nalguma roça com casa
De sopapo ou topar

Um arruado qualquer,
Com a capela pegada,
Muito dos desenxavidos,
Sem figura ou fumaças
De progresso, feito o povo
Do lugar — o mais sem graça.

E do maior ao menor,
Faltava quase tudo
Do comer e do vestir.
Mestre Bené só no mudo
De ouvir a precisão
De cada qual em miúdos.

E nada lhe escapava.
Com o apoio de uma letra
Custosa, do bacalhau
A tantas peças de seda,
Da garrucha às chinelas,
Do tal óleo de baleia

A sacas de chá inglês
(Pros poucos de alta linhagem),
De foice, prego e machado
A botinas de duraque,
Ia tudo pra caderneta,
Com o adianto de praxe.

Quanto faltava de gêneros   *Um rol de*
Mais sobrava de doença: *doenças*
Maleita, sífilis, bócio,   *e a pior delas*
Lombriga e febre às pencas,
Morfeia, tísica, cólera
— Afora a fome sem ventas.

Igual ou maior em mortes,
Outra doença grassava
Por aqui — ora modesta,
Ora de redondo espalha-
Fato, conforme o defunto
Fosse da gente mais baixa

Ou das famílias de posses,
De fidalguia e patente.
Mas, num caso assim, era
Igual tacar querosene
No mato sem nem fazer
Aceiro. Pois nem não pense

Que o negócio ficava
Entre o povo lá de cima.
Muito agregado e colono,
Dessa doença foi vítima,
Por obra dos caprichos
De uma Dona Carabina.

De forma que o pé-rapado
Era quem mais morria,
No lugar do seu patrão
Ou de algum filho-família.
Sujeito pobre se dava
Como troco da vindita,

Essa doença do sangue,
Do pior sangue da Mata.
Demoro em coisas de tão
Pouca católica prática
Porque já vi muita gente
Matar à toa e à bala,

Seja pra ouvir o baque
Do tombo, seja por causa
Que pegou nojo da sombra.
E nem ajunto na pauta
As brigas de foice e faca,
E outras de cortar a alma.

Isto era e foi às vésperas *Triste*
De um tempo de mais verniz. *fartura*
E não que tenha apagado
O pejo e a cicatriz
Daquelas tantas brutezas.
Como um meu compadre diz,

Só trataram de somar,
Com caligrafia mais
Caprichada, o jagunço
E o bacharel. Ademais,
Aqui, pobre nunca que
Fez uma conta de mais.

Nem não falo na fartura
Triste de pretos escravos,
Que meteram nas fazendas
Como bichos de trabalho,
Com custo igual ou menor
De um mal cavalo arriado.

Vinham peados e às pressas,
Debaixo das gargalheiras,
Do sol, da fome, do relho,
Afrontando as pirambeiras
Da Serra do Brigadeiro
E o Paraíba nas beiras

De Campos dos Goytacazes
E outras inda mais longe.
Nas carreiras de arrieiro,
À cata de quandos e ondes,
Muita vez foi que topei
Com essas fieiras de homens.

Mais ainda foi que vi
Quantos morriam à mingua,
Quantos moídos pelo uso,
E os que daquela mofina
Escapavam se metendo
No mato ao só-da-sina,

Ou assentavam de dar
Cabo da própria vida.
De modo que o tal verniz
Teve então duas medidas:
Pro pobre, uma demão
(E rala); pra gente rica,

Quantas demãos precisou
Pra apagar qualquer manchinha
E deixar tudo no lustro.
E o que alevantou a crina
Dos mandões da Mata foi
Meter café morro acima.

Coisa de ganho e valor,
Mas dava uma trabalheira
E tanto! Um mundaréu
De pretos no deus-manqueja
Das roças e dos terreiros,
Pra depois armar as bestas

Com arroba e mais arroba
No sem-fim das comitivas,
Varando vaus, atoleiros
E os tratos da mataria,
Até chegar o café,
Sem porém nem todavia,

Na Estrela ou algum outro
Entreposto mais vizinho.
Quantos tropeiros e burros
Morreram nesses caminhos
(De tombo, bicho e febre)
É soma que não atino.

Seu Bené até ficou *Uma questão*
Tentado a botar a tropa *para Mestre Bené*
Pra puxar café de empreita,
Que a paga era das grossas
E um trabalho assim, da gente
Fazer com o pé nas costas.

Mas não demorou muito e,
Mais por siso que por graça,
Seu Bené fechou questão:
"Vou puxar café é nada.
Criei sem pai, aprumei
Sem patrão. Não tem quem faça

Um filho de Dona Zefa,
Do Tabuleiro do Pomba,
Comer de colher alheia.
Coronel de muita monta,
Na hora de acertar contas,
Quebra o lápis na peçonha.

Respondo por mim e os meus.
Puxar café, uma ova!"
Gostei por demais, que a coisa
Não ficava assim na prosa
Dos mesmos iguais caminhos,
Um negócio que me entoja.

Pelo tanto de café *Cidades*
Que plantaram pelos morros, *crescidas*
Entrava uma dinheirama,
De encher o colchão e os bolsos
Dos mandões mais seus cupinchas,
E ainda sobrar um pouco

Pra emprestar certo brinco,
Arrumação e desfecho
Pra quantia de arruados
Que mancava no desleixo,
No atraso, na tirania
— Roda não canta sem eixo.

No meio dessas misérias,
O que ganhava alegria
Era quando no arruado
Dava entrada a comitiva.
Não era coisa de pressas,
Tudo conforme a cartilha.

Primeiro, antes de ter
Uma légua do lugar,
Mestre Bené ajeitava
De um moleque correr lá
E, aos berros, dar notícia:
"A tropa está pra chegar!"

Depois, as casas à vista,
Metia no trote os burros
Pra levantar mais poeira
E fazer maior barulho
Nos guizos e nos cincerros
— Tudo isso pra causar vulto,

Igual que fosse um reclame.
Mas a tropa entrava a passo,
Com a madrinha no luxo,
Pro povo ficar pasmado
E querendo o que ia dentro
Das bruacas bem guardado.

Por fim, arriar as mulas
Das tantas mercadorias,
Entregar as encomendas
(Primeiro as de mais valia),
Anotar pedidos novos
E preparar a partida,

Que as praças só aumentavam.
Com os mirréis do café,
Arraial mudou em vila,
Vila aprumou o viés
Na reta de ser cidade,
E eu mais Mestre Bené,

Com o trabalho nas unhas,
Rasgando essas lonjuras,
Do Rio Preto a Carangola,
De Abre Campo a Chapéu d'Uvas.
E cada vez, as cidades
Mais alargadas de ruas,

Mais caiadas suas casas,
Mais sortidas no comércio,
Mais crescidas na política,
Mais prosas do seu progresso.
E como dinheiro chama
A doença e o remédio,

Não tardaram a chegar
As casas de tolerância,
As biroscas de bebidas
E o baralho, porque cansa
O suor só do diário,
Precisa folgar a canga.

De jeito igual, demorou
Nadinha ter alfaiate,
Farmácia e armarinho,
Coisas do mais alto naipe.
Também açougue e as vendas
Com toda espécie de traste.

Mais os armazéns de secos
E molhados, padaria,
Barbeiro e aquela renca
De cometas que vendia
Pano, joia, roupa feita
E qualquer quinquilharia.

Logo as cidades ganhavam
Também capina nas ruas,
E até mesmo calçamento
De pedra naquelas duas
Ou três que algum fazendeiro
Ou outra gente graúda

Cismou que era bom lugar
Pra levantar seu sobrado
De seis janelões ou mais.
E não por obra do acaso,
Essas casas, muita vez,
Eram na praça, do lado

Contrário ao da Matriz,
De modo a ficar bem claro
Quem mandava no lugar:
O coronel e o vigário.
Daí, que nem tinham antes
Botado a capela abaixo

Pra construir uma igreja
Que prestasse, assentaram
De paramentar a praça:
Meteram uma carrada
De cascalho nos passeios,
Plantas na mesma toada

E toda sorte de árvore,
Sem esquecer o coreto
Que servia muito bem
Pra comício de prefeito
E pras retretas da banda.
(Música não desmereço.)

Com efeito, pelo menos *Tempos de*
Os brancos remediados *bacharel e*
Tinham fé de que era o fim *de doutor*
Dos tempos de pão minguado
E de camisa cerzida.
Mas foi também do trabalho

Dos pretos feitos escravos
E da gente mais pobrinha
Que tiraram os mirréis
Pra enfeitar essas Minas
Com doutor e bacharel,
Sujeitos que tinham tintas

Do saber mais que sabido,
Modas de cidade grande
E a fala assim sem os cascos
Dos mandões. Mas não se engane,
Porque, se a rixa assanhava,
Tanto o jus quanto o purgante

Era o pobre que engolia,
A seco e de uma vez só.
Quando o filho do patrão
Cai, dizia minha avó,
O galo dá é na testa
Do moleque — e sem dó.

De qualquer jeito, deu gosto
Ver esses lugares todos
Ganhando nome cristão
E outras coisas de estofo:
Banco, correio, jornal,
Mais um ginásio pros moços.

Deram até de fazer
Salão de baile e cadeia,
Matadouro, chafariz,
Ponte e uma rua inteira
Pros armazéns de café
Daqueles com eira e beira.

Mestre Bené era gente *As pinimbas*
Prática, mas também tinha *de Mestre Bené*
A cabeça de pensar.
Daí as suas pinimbas
Com esta tal de República
E o bicho locomotiva.

Nesses casos, Seu Bené
Era só língua, sem rédea
Nem trégua, todo na breca
Com coisas tão às avessas:
"Porque quando Deus não dá,
O Diabo vem e empresta.

Jeito de falar, que empréstimo
Do Capeta não demora
E logo chega a fatura.
Repara bem essa moda
Das pressas do trem de ferro:
De manhã já estão na roda

As tais novas do noturno;
Deu horas, tudo carquilha,
Sem cartaz ou prestança.
Não tem como, falta guia,
Falta metro, e esse povo,
Feito tropa sem madrinha,

À cata do que o trem trouxe
De notícia e de luxos.
Pessoa está que é um oco,
Mal tem pra forrar o bucho,
Mas anda rente na moda,
Gaba o verão em Friburgo

E o caçula que, de vez
E prestes, segue pra corte,
Os dois pés num Ministério.
O Diabo não é de hoje,
Mas o Diabo é de pressas
— Se fez no trem e acabou-se:

Sujeito quer a mão onde
Não alcança, quer as vistas
Na rua do Ouvidor,
Quer a cabeça entretida
Com as coisas do estrangeiro,
Os pés metidos pra riba

Ou no vai-locomotiva.
Todo mundo na carreira
Por conta do ó das modas,
E os fiados na algibeira;
Todo mundo atrás das últimas
Pra se mostrar de primeira.

Ninguém pra meter um pau
Nessas rodas, botar freio
Nessas pressas do Capeta;
E acaba que, de permeio,
O pandulho do mais pobre
É que paga esses recreios

Dos grandões, é na cabeça
Dos moços que o tal Alheio
Faz praça com suas rimas
De tão finórios brinquedos.
Tantos trastes sem remate
Que até desconjunta a rima.

Mais nem gosto de falar,
Que senão vem de mistura,
Com as mesmas varejeiras,
A merda da tal República
— Muito engorda os que já são
E pros pobres nada muda.

(Presta menos que o Diabo.)"
E daí, Mestre Bené
Se metia nas encolhas,
Dias na alça do qualquer,
Sem dizer nem ão nem pão.
Cuidava assim de través

(Mas recuado de pôr
A coisa em palavras fora)
Que com o trem e a República
Era mesmo tempo e hora
De enfiar inda mais longe
Os rumos da sua tropa.

Senão era bem capaz
De acabar sem serventia,
Por causa que com o trem
Não tinha quem o por-dias
De semanas — mesmo meses —
Aturava sem dar grita

Ou deboche das delongas.
Seu Bené morreu maior
De noventa e tantos anos,
Sempre desviando os cor-
Nos longe da Leopoldina,
À cata dos cafundós,

Onde trem não dava as caras.
Nas vésperas de morrer,
Caçou a estação mais próxima
Por capricho ou dever:
"Quero espiar o Tisnado
Pela derradeira vez."

De modo que era de longe   *Notícias*
Em longe — muito por graça   *de sempre*
De ouvir de uns e de outros
Ou das vezes que calhava,
Por uma qualquer mercê,
De dar de fazer a praça

De um lugarzinho maior —
Que a gente tomava pé
De como andavam as altas
Mais as baixas do café.
E as pendengas da política,
As modas do Rio (e até

Das estranjas) e as misérias
Que os pretos mudavam em
Suas poucas alegrias,
As coisas todas que o trem
(Da espingarda ao piano)
Trazia pra gente bem

E a mixórdia da vida
Do povo pobre, devendo
'Té os cabelos da bunda,
Cerzindo os mesmos remendos
Entre a fome e o fiado
— E muito no mais ou menos.

Quando acharam de acabar *Corpo*
De vez com o cativeiro, *maior*
Teve quem pensou que o troço
Mudava de fel pra refresco,
Mas se deu das duas, uma:
Ou bem foi largado no esmo,

Ou o sujeito seguiu
Naquela mesma batida,
Até ficar imprestável.
A festa durou um dia,
Que, no seguinte, o povo
Atinou que a alforria

Não é coisa que se ganha
Assim de papel passado.
Nesse mundo-de-meu-deus,
É cana ou é bagaço
— Se a máquina de quem manda
Faz do galego mascavo,

Que dirá do povo preto!
Mas quando não tem onde
Nem ninguém pra escorar,
Junta as pernas no candombe,
Junta os braços no trabalho,
Junta cabeças e nomes,

Junta a fala dos antigos
E mais outras coisas idas.
E com esse ajunta-gente,
Faz corpo maior que a lida,
Bem do tamanho da festa,
Que é do que a vida precisa.

Muita gente aborreceu,　　　　　　　　*Os carcamanos*
Outro bocado assustou,　　　　　　　*e outras raças*
Quando chegaram aqui,　　　　　　　　　*de gente*
Mesmo que com senhor
E função, os carcamanos.
Um verdadeiro estupor

Ver aquele povo mais
Branco que leite de vaca,
Muito dos mal-ajambrados,
Com uma língua engrolada,
Sem entender patavinas
Os trens que a gente falava,

Sempre queixando do sol
E xingando as muriçocas
— Coisa de botar qualquer
Um *pazzo*. (Até fez moda
Falar uns troços assim:
Lavoro, cazzo, parola.)

Era ir numa fazenda
De café ou bater perna
Pela rua do Comércio,
Tomar umas na bodega
Ou a fresca no jardim,
Botar em dia a conversa

Na alfaiataria ou
Mesmo frequentar a missa
— Onde desse na veneta,
Nunca fugia da risca,
Em tudo quanto é lugar,
Do bordel à padaria,

O povo topava os tais
Italianos; de forma
Que custou nada largar
Mão de ficar só na troça
Daqueles pobres coitados
— Miséria igual a nossa.

Mas teve cidade aí,
(Diz que uma foi Cataguases)
Que do trem os carcamanos
Mal baixaram as bagagens
E os paus-mandados vieram,
Com a fineza de praxe,

Avisar que o melhor que
Faziam era tomar
Presto o rumo da colônia
E ficar de vez por lá.
Tinham nada que fazer
Na cidade, um lugar

De gente trabalhadeira,
Sem tempo pro pandemônio
Que empesteava São Paulo.
Era o menor dos incômodos:
Com o tanto de trabalho,
Não tinha quando nem como

Um carcamano largar
Da colônia e achar
Ocasião pra folgança.
"Dinheiro o café só dá
Pra quem não bota a mão nele",
Diz bem o Tião Paxá.

Também mais raças de gente
Andavam pelas fazendas
E municípios da Mata
— Turcos e alemães às pencas,
Mais os portugas de sempre.
Claro que deu muita encrenca:

Afora o lusco das línguas,
Tinha os costumes e as crenças,
Tinha o capataz e as contas
De menos, tinha as doenças
E os amores sem remédio
— Cada qual, suas urgências.

Mas lá entre eles, os brancos
Se acertaram. Já os pretos
Continuaram no zinho,
Entre a míngua e o alheio,
Às esconsas ou no avesso,
Igual fossem um defeito.

De brusco, sem mais aquela,   *Do mal*
O negócio desandou.   *pro pior*
Como fosse de costume,
Que o café tem esse humor,
Ninguém deu conta direito
Quando o preço despencou.

Teve quem fiou que o troço
Não demora e aprumava,
Mas foi do mal pro pior.
Diz que o que engorda goiaba
É chuva, mas as graúdas
Come quem tem a mão larga.

E se dá bicho ou falta
Água, manda buscar fora.
Por conta disso, sujeito
Que tinha bojo nas rodas
De político e banqueiro,
Que tinha voz na paróquia,

Nem precisou se mexer,
Viu a coisa de palanque,
Que o governo nunca corta
Na carne do próprio sangue.
O café minguou nas roças
E os fazendeiros, à grande,

Largaram dos seus sobrados,
Meteram em conta as terras
(Uns reles caraminguás
Perto dos mirréis sem régua
Que o governo achou de dar,
Assim feito quem empresta)

E foram de mala e cuia
Tomar os melhores ares
Na capital, de lambuja
Deitando fel e vinagre
Contra o pobre capiau
E as mais pequenas cidades.

Trataram igual os donos
Dos armazéns de café
— Cá entre nós, os graúdos,
Que também deram no pé.
E por graça dessas coisas
(Assim pelo menos é

O que diz a gente mais
Letrada), muita cidade
Da Mata virou lugar
De partida, de passagem,
Ainda mais com a chegada
Das estradas de rodagem.

Porque quem ficou naquela
Época, como hoje em dia,
Ou foi o povo que tinha
Qualquer coisa de valia
(Pouca, mas sua) ou gente,
Com lábia e picardia,

Que achou jeito de lucrar
Com tamanha desgraceira.
Agora, pro grosso mesmo,
Foi tão custosa a peleja
Pra dar de comer aos seus
Que faltou tempo e cabeça

— Ou, feito Mestre Bené
Dizia, faltou pro povo
Foi pasto e ocasião
De largar pé desse oco.
Preferível dar em nada
Do que conformar no pouco.

Por não saber o que diga
Pra botar fim nesta prosa,
Sem fumaças ou pejo
Deito a mão à palmatória:
Não tem como este arrieiro
Prumar o fio da história,

O fecho da história

Que o costume desse ofício
É curvar as linhas retas,
É requintar a canhota,
A mão de todas as pressas,
Que governa o redemunho
E me deu viver sem rédeas.

CRÔNICA DOS BARRANCOS

> APÊNDICE DA LAVRA DO RÁBULA EVERALDO BIFANO, NATURAL DE ESPERA FELIZ, O QUAL FOI POR ESTE AJUNTADO ÀS SEXTILHAS ATRIBUÍDAS AO ARRIEIRO DURVALINO PEDRO, VULGO "PURI", À GUISA DE ESCLARECIMENTO DE CUNHO ILUSTRADO ACERCA DA ABRUPTA DERROCADA DA LAVOURA DE CAFÉ NAS TERRAS DA ZONA DA MATA DAS MINAS GERAIS.

Em século de ciência
E tão subidos engenhos
— Da locomotiva à lâmpada,
Do cinema ao cimento,
Da morfina ao revólver
E outros mais num compêndio

De maravilha e horror —
Muito se fez de moderno
Com o cenho e a chancela
De uma razão sempre em repto
A tudo quanto não seja
Cálculo, arroba, metro.

Trata-se de uma razão
Que se diz dona e senhora
Dos pesos e das medidas
Do mundo, mas não demora
Para mudá-los conforme
Os cabedais e as manobras

De poderosos e padres.
Razão que também tem sonhos
(Embora reta e banal),
Sonhos que produzem monstros:
Um corpo todo trabalho
E palavras sem engonços.

O acidente que se esconde
Em cada cálculo, em
Cada máquina, em cada
Técnica muita vez vem
Mostrar bem que os ditos donos
Da razão, quando convém

Às artes do capital,
Podem botá-la de lado,
Nem que, para tanto, tenham
Que dar número aos dados
Do acaso ou emprestar
Os artifícios mais crassos

Ao gênio da Natureza,
Meter qualquer metafísica
Na matéria ou, então,
Com ares de nova Pítia,
Mudar em ingente oráculo
O *quadrivium* da Patrística.

Não por falta de notícia
Abalizada e perita,
Mas graças muito à incúria
Ou às luzes de oitiva
(Quando não ambas as duas)
Dos doutores de Coimbra,

Dos bacharéis do Recife,
Foi que desandou na Mata
A lavoura do café.
Tanto que à memória basta
De Agassiz e Ribeyrolles
Trazer os nomes à baila

Para dar conta que o *crash*
Da bolsa de Nova York
Foi apenas o remate
(E não nego o seu importe)
De uma morte anunciada
Sem berliques nem berloques.

Com a glosa que parece
De um mote deveras pris-
Co — "Água dá, água leva" —,
Ribeyrolles e Agassiz
Deram ciência à máxima
E medidas ao busílis.

Não há notícia nem prova
De que pegaram a lábia
Desse anexim, que bem presta
À lavra da rubiácea.
De qualquer modo, trataram
De pautar certa farmácia

Para o dito "mal das terras
Cansadas". Pois o costume
Dos fazendeiros da Mata,
Desde longe e amiúde,
Era escalvar o cabeço
Dos morros (sem a virtude

De atinar com os taludes
E outras questões geológicas),
Para após largar as filas
De café — tão grande cópia
Que calhava atravessar
De Bicas a Carangola

Emendando roça em roça.
(Ao menos tal divulgava
A bazófia dos mandões.)
E como o café lucrava
Pela monta dos milhões,
Não tinha quem preocupava

Com as ciências da terra,
E menos ainda co'a
Botânica do café.
Deste jeito deu-se a coisa
Por mais ou menos três décadas,
Sem ninguém firmar na lousa

Da lavoura e da política,
Os redondos axiomas
Sobre o amanho do solo
Com técnica e parcimônia,
Tal prescrevem os *experts*.
Foram nulos os diplomas

Dos ilustrados da terra,
Que assistiram ao revés
Sem alevantar a voz
Nas câmaras ou qualquer
Folha impressa, quando
O alarma era de mister.

Nenhuma terra faz conta
De quanto empresta ao café,
De quanto entrega às águas;
Entanto, nem o menor déu
Encontra a paga por tudo
Que lhe tiram do farnel.

Assim foi que esvaziou
O saco e perdeu-se a terra
Nas águas das enxurradas,
Tanto os fazendeiros deram
De pelar morro e mais morro,
Como fosse cousa mera

Largar as roças cansadas
Ao deus-dará e abrir outras,
Até não sobrar mais chão,
Num desencontro de contas:
Dos haveres do café,
A chuva vem e desconta

O montante das ravinas;
Aos deveres da lavoura,
Somam sacas a menor.
E embora até gente em proa
Acuse o destino, não
Foi tabuada das Moiras.

Cumpriu-se apenas o alarma
Da ciência de Agassiz,
Da tal máxima do povo
E de um salmo de Davi,
Que diz: *Abyssus abyssum
Invocat*. — E acaba aqui,

Aos trancos mas com fim bíblico,
A crônica dos barrancos
Da nossa douta ignorância.
Desculpem os versos mancos:
Vou de rábula pr'a cova,
Da lira sou um fulano.

TESTAMENTO DE GERALDA CABINDA

Em hum mil oitocentos e oitenta e três,
Eu, Geralda Cabinda, escrava que fui,
Deixo este testamento, que a mando me fez
João Cruzeiro, para não dar ais nem uis
Junto de meus herdeiros, pois aqui se instrui
Dos modos que disponho dos trastes e bens
Que, tão logo me achei forra mas sem vintém,
De mealha em mealha cumulei, ao preço
De passar muita fome e mais outros tropeços,
Em igual ou pior conta do que a comum
Das pretas que algum branco achou de dar começos
— E saibam todos, não deixo perdão algum.

Como escrito e lavrado neste maio, mês
À Virgem dedicado, declaro que um Rui
De Tal seja meu pai, pois que, aos dezesseis,
Minha mãe Rosa foi com mor bruteza e ruin-
Dade violada por aquele — que possui
Dela a fim de emprenhá-la e juntar aos seus bens
Uma crioula mais, esta que deixa cem
Mil réis para dizer missas em desapreço
Da alma do assinalado, pelo que encareço
(Acha-se em meus guardados o nome desse um)
No Inferno se mantenha sempre por tal preço
— E saibam todos, não deixo perdão algum.

Porque seja este justo um dia vinte e três,
Soma inteira daqueles por quem muito fui
Violada, lograda e, desse igual jaez,
Penei vexames mais, confio já usufrui
O Demo de tais almas, pelo que conclui
O que tenho apurado. Mas se, mal ou bem,
Resta alguma entre nós (do seu nome também
Em meus guardados dou notícia), por apreço
A quem finá-la, deixo o que deve e mereço
Ter de empréstimo feito a certo Zé Mutum,
De quem guardei amor, mas perdi o endereço
— E saibam todos, não deixo perdão algum.

Declaro que, findada essa vida de avessos,
Deixo a Fazenda dita dos Sete Cabeços,
Com as benfeitorias, roças e vacuns,
Para meu filho Inácio (dos mortos padeço),
Único que salvei dos tantos arrevessos
— E saibam todos, não deixo perdão algum.

PROSA DE BEIRA-ESTRADA[1]

Para Angie

*Tem também alguns escravos que não
passam tão mal como pensam. São como nós,
servos agrícolas, e alguns estão até melhor.*

Trecho da carta do imigrante Alois Eiterer
enviada de Juiz de Fora aos seus familiares em Mieming
(Império Austríaco) e datada de 1º de novembro de 1858

*Às margens da Estrada União e
Indústria (ainda em construção), cercanias da
estação de muda dita Paraibuna, fronteira das províncias
de Minas Gerais e Rio de Janeiro, por volta de 1860.*

Interlocutores:
Bruno Bauer (imigrante tirolês) e
Chico Antônio (africano oriundo de Angola)

---

[1] Os versos grafados em itálico, assim como outros trechos menores e não indicados, foram extraídos da obra lírica de Luís de Camões.

Chico Antônio

Senhor desculpe o descoco
De achegar sem mais aviso,
Jeito maneira gostava
De atalhar com o cochilo
Do moço, mas por esse oco,
Em hora de sol no pino,
Não calhou de topar outro
Pra pedir fogo de pito.

Deus dê bom pago pro moço,
Causa que, depois da boia,
Se não tem café e a gimba,
Matuto fica pinoia
De tudo, só na madorna,
Bem no jiqui da jiboia
— E pra gudunhar de novo
Na enxada é uma mixórdia.

Pelo visto e pelo tino,
O moço não é de prosa.
Não zanga da patacoada
Deste mulambo da Angola,
Já deixo o Senhor a gosto,
Que loguinho desmelhora
Essa soalheira — e o preto
Inda tem que ciscar roça.

Bruno Bauer

O meu silêncio, o Senhor releve;
O português que tenho sabe a livros,
E quanto digo bem mui pouco serve
A conversas, e delas vem que esquivo.

A dar-lhe iguais palavras, quais merece,
Carecia fiar-me em outra língua,
Não o alemão que já de mim esquece
Ou o Camões que todo falo em ínguas.

E neste em duas línguas estar mudo,
Que de todos os outros me desvia,
Dos tantos males, creio o mais miúdo,
Pois maiores o exílio e a porfia.

Chico Antônio

Eta! Mesmo lá de longe,
Foi tomar tento do moço
E na hora reparei:
É gente doutro caroço.
Precisa cabula não,
Que eu sei bem desse enrosco,
De bocó fiquei igual
Por uns dois anos e pouco.

Me chamam de Chico Antônio,
Também Tonho da Tiana,
Preto Ingá, Chico Muzenga,
Chico Só, Tuca do Zamba,
Cão do Calango e mais tanto
Nome que falta lembrança.
Com essa penca de cunho
Dá que até o pemba descamba.

O tal que ganhei na Angola
Só me vem no baticum,
Botaram fora no mar
Ou comeram com angu.
Da prosa dos livros sei
O perfume e o bodum,
Modo dos trens que aprendi
Pela boca boa de uns.

Bruno Bauer

Bruno Bauer, dos pais o nome herdado,
Com a voz, o ouvido e mais que posso,
Lhe ofereço, pois quanto as leis do fado
Enjeitam é que damos como nosso.

Não querendo perder a melhor hora
Do que a Fortuna para mim guardava,
Cuidei de me lançar do ninho fora,
Sem saber quanto a fábula enganava.

Desde o Tirol até nesses sertões,
Por ver a nunca vista maravilha,
Acabei mal servido de ilusões;
Razão e pés erraram com a trilha.

Chico Antônio

Moço tem lustro das letras.
Igual nesse cafundó,
Sei do Compadre Lindolfo
Mais uns dois ou três — e só!
Seu Bruno devia estar
De mestre-escola, a pró
De melhorar nuns aí
A catinga-de-gogó.

Nos meus tempos de brum-brum,
Penei também desse banzo.
Não pode o troço cangar,
Senão vira gaturamo:
Dá de comer desconforme
E falar que nem fulanos.
Amigo trabalha a pago,
E pro Doutor Mariano!

Ó se eu já não vi o moço
Por aí nesses terreiros.
Branco que nem lençol novo,
Bitelo assim desse jeito,
Junto com seus camaradas,
Dando remate nos crespos
Da estrada — e, convenhamos,
Tudo no brinco dos eixos.

Bruno Bauer

Ao jugo e dura lei de reis e nobres,
Gente pobre não tem nenhum respeito,
Ainda mais se, como eu, não dobre
Corpo e espírito em pejoso preito.

Quando na pátria terra a mão tirana
Sujeita o pensamento, baixa a arte,
Nenhum remédio há que a faça lhana;
Fogem os moços pois a outras partes.

Mas dos ritos e usanças tão diversos
Nas apartadas gentes estrangeiras,
A barbaria é o mais universo;
Todo o mundo, em tal ponto, se abeira.

Chico Antônio

Pelo reclamo do moço,
Atino o tranco da trilha,
Sei bem o bico da obra.
Também este preto enguiça
Igual com os mangangás,
Os mandões, os tranca-chicas,
Que vivem no venha-a-nós,
O olho maior que a barriga.

Agora assim de coroca,
Beira de bater cachimbo,
Gasto menos na quizila,
Mas nunca que eu afino.
Na idade de moço então,
Vivia pelos espinhos,
Nem feitor nem capitão
Surucava com meu brio.

Sou de cagar goma não,
Mas o café que o senhor
'Tá vendo aí nesses morros,
Gente preta é que plantou.
Só branco é que tem ciência,
Que nem falou o feitor,
Pra fazer estrada assim
— Mas e botar café em flor?

Bruno Bauer

A trabalhosa vida nestes trópicos,
Cá donde nos faz guerra a Natureza,
Não é mal dos que têm termo ou tópico,
Pois uns poucos o engenho alheio apresam.

Co'a mesma força bruta que lhe faz
Estradas, o fidalgo enche navios
De café, sem ouvido dar aos ais
Dos que arrimam seus bens e desvarios.

Eu crendo que a razão levantaria
Contra um mundo tão áspero e oposto
(Do que bem sei agora a bizarria),
Enfim acabo em crua angústia posto.

Chico Antônio

Cativeiro não é troço
De aguentar no eu sozinho,
Que arrisca de virar bicho:
Muda as fuças em focinho,
Camba no chão mais chué,
Perde o tento e o alinho.
Sujeito fica no até
De ganhar pecha de zinho,

Ou de azanga-rapadura.
Largou da roda, babau!
Precisa grudar nos outros
Pra não fisgar com o mal
Nem dar pra boi de patrão.
Tristura tem muita igual,
Mas é só juntar os pretos
E fica tudo tal qual.

Por mal do quengo, seu moço,
Há quem perde o pé da dança.
Quem não tem hora de sua
Pra sinhô crescer a pança.
Tambor é que diz o tempo
Da função e da parança,
Tambor é o dono do corpo,
É quando o dia descanga.

Bruno Bauer

O tempo é breve e não quero gastá-lo
Todo em trabalhos; não que de mim possa
Dizer que na alegria me assinalo,
Pois não me dou a danças nem a troças.

Mudando andei de gente e de seus calos,
A ver se apaziguava angústia tal,
De que não digo o terço do que calo
— Ah, quanto dela pesa meu bornal!

Não ignoro, Senhor Chico, que fama
Têm as festas de sua gente preta;
Entanto, a razão comigo clama:
Essa alegria não será de peta?

Chico Antônio

Alegria, moço Bruno,
É feito eu vi uma vez
No céu o tal do foguete:
Não durou assim um quê
No breu, mas a boniteza
Daquele troço, cadê
Que tem como deslembrar?
É fechar o olho que vê.

Povo preto até podia
Embatucar de amargura
Ou agarrar na rezinga,
Mas quilombo a gente arruma
Não é só no mato não.
Também nas coisas miúdas
— Que erva corta dor nos quartos,
Como cozer a carumba,

Que que vai no pela-égua,
Qual a reza pra bicheira,
O ingoma de cada santo —,
Quilombo abre praça e teima
Com ajuntar os rojões
Dessa alegria sem eira
E sem beira, mas é nela
Que a gente afrouxa das peias.

A HISTÓRIA SE REPETE

Tia Ritinha

Verdade seja dita: não foi por
Falta de aviso. Eu mesma cansei
De falar. Só fizeram se indispor
Comigo. Logo eu. Sempre tratei

Aqueles dois assim, a pandeló,
E acaba ganhei pecha de enxerida.
Criação de hoje está frouxa que só,
Ninguém pra botar tento nem medida.

Tem coisa que não dá para ficar
De conversê. A pessoa não toma
Tenência, depois é culpa do azar.

Eu nem podia estar aqui. Porque,
Com mamãe no hospital, quase de coma,
Não acho nem um dia de mercê.

Paulo Pacheco

Depois que o mal está feito, é fácil
Dar conta até da vírgula do escrito.
Agora, essa vida é sem prefácio:
Tem vez que a mão macula o manuscrito,

De outras, dá até de emendar a linha,
Mas, no geral, é às cegas que se escreve.
Aquela desavença entre os dois vinha
De lá trás, de antes dessa carne breve,

Coisa de priscas, que sem nem saber
A gente traz. Era questão de alguém
Com engenho de o carma esclarecer.

Que nem para aprender a tabuada:
Pessoa tem que ter mestre também,
Que Deus registra em partidas dobradas.

Totonho Furtado

Os dois nunca se deram. Vai saber
Por quê. Cedo ou tarde, tinha de
Dar merda. Só cumpri com meu dever,
Que era publicar no jornal. O que

O Coronel Romão pensa ou deixa
De pensar a respeito da notícia
É coisa lá dele. Em vez da queixa
Que foi fazer contra mim na polícia,

Devia era cuidar melhor dos seus.
Não trata os próprios filhos por igual,
É bíblico, no fim dá no que deu.

Tem cabimento não, tanto escarcéu.
Só fiz achar o mote, afinal
Foi tal e qual: QUINZIM MATOU ABEL.

AUTO DO Ó OU DA EXPECTAÇÃO DO PADRE

Na Igreja Matriz

— Eis que se avizinha o tempo de desempenar o torto,
Eis que se avizinha o dia de o rosto deitar na terra,
Eis que se avizinha a hora do vivo sair do morto,
Eis que se avizinha o ponto da seta que nunca erra,
Porque, Irmãos, em verdade, também esta Babilônia,
Com seus tantos lupanares, com seus livres-pensadores,
Com seus faustos e mentiras sem travas nem parcimônia,
Com seus usurários frios, com seus mui ímpios tambores,
Também esta Babilônia está sob o olhar de Deus,
Olhar do qual nada escapa, nem o menor dos pecados;
E hão de se haver com eles frascários e fariseus,
Matracas e messalinas, danados e desviados.

No Largo 13 de Maio

— Diz que vem, mas vira e mexe
 Dão de inventar esses troços
 Só pra apavorar o povo.
— Quem garantiu foi o Guedes.
 Diz que ouviu do Custódio,
 Carne e unha com Peixoto.
— Causa aí desses estrepes
 É que eu agarrei ódio
 De tudo que é baba-ovo.
— 'Tou com idade pra frege
 Mais não. Piorou o negócio,
 Baixo as portas e me encolho.

Na Grande Confeitaria Central

— Das Dores é uma, Cidoca
 É outra. Duas bruacas.
— Não são lá muito católicas,
 Mas acho que é mais fumaça.
— Fumaça? Fogo de sobra,
 Isso sim. Chega a dar náusea.
— Com tempo as duas amoldam,
 Comadre, a coisa passa.
— Deus queira seja só moda,
 Que eu não tenho mais cara.
— Vai ver o tal padre bota
 As duas que nem beatas.
— Faltou foi mais palmatória,
 Mas se Deus me der a graça...

No Salon Paris

— O homem é bispo, doutor.
  Língua pior que navalha.
— Digo sem tirar nem pôr:
  Baita conversa fiada!
— Um primo meu que contou,
  Tem mesmo o dom da palavra.
— E palavra apruma o tor-
  To? Dá jeito nesta tralha?
— Mete o povo no temor.
  Na boca dele, Deus fala.
— Quem diria, o senhor
  Fiando nessa toada...
— Meu primo ele endireitou.
  Vamos podar essa barba?
— Ora faça-me o favor,
  Mas tento com a navalha.

Na Igreja Matriz

— Atentai, Juiz de Fora! Atentai, irmãs e irmãos!
  Será olhos para o cego, será pés para o cambeta,
  Posto que entre nós abundam o esquecido de Sião,
  A carola de quermesse, o evangelho de gaveta.
  Também será guerra e raio, trombeta, fogo e espada
  Contra tudo, contra todos que confiam a pedreiros
  Sem prumo suas moradas, que se dão a encruzilhadas
  E mandingas do gentio, que se fazem pregoeiros
  Do cisma e mais outras modas, que se entregam aos caprichos
  De Vênus e da algibeira. Porque, na boca de um homem,
  (E o que se diz *hic et nunc* resulta em mero pastiche),
  Há o Senhor de alevantar Sua palavra e Seu nome.

Na Loja Maçônica

— Quando convém, esquecem do latim.
— Os sermões ganham ares de pasquim.
— E lançam contra nós *le feu d'enfer.*
— Por trás. Na frente, guardam a libré.
— Também, com a fortuna que o Irmão...
— Sempre às esconsas. Sem nome e sem mão.
— Não fosse sua ajuda, o telhado...
— Cumpri com meu dever. E de bom grado.
— O Venerável disse algo a respeito?
— Por ora, nem menção. Daquele jeito.

Na porta do Cabaré Danúbio Azul

— Eta, ferro! Já falei
Pra Madame Marguerite,
Não foi uma vez nem duas:
Tudo tem hora e limite.
— A Madame mandou dar
O recado e está dado.
Nunca que ela vai fechar
Trato com soldado raso.
— Madame precisa entender,
O Major ficar zanzando
Por aqui não tem qualquer
Cabimento. Vim a mando.
— Eu também. E ainda tenho
Que dar jeito na cozinha.
Então, melhor atalhar
Essa sua ladainha.

— Ora, ora, vejam só,
  A mocinha está com pressa.
  Olha bem como é que fala,
  Sua rameira de merda!
— É, quem anda na garupa
  Nunca que comanda a rédea.
  Arrisca triscar em mim
  Que o Cabo Freitas te pega.

No Colégio Irmãs de Sião

— Por fim, graças à pena de um gentil poeta,
  Que prefere não ter seu nome revelado,
  Tenho em mãos um jogral que muito bem completa
  Os louvores ao nosso santo convidado.
— Ah, Irmã, chego até a estar com brotoejas
  Pr'a saber o autor deste jogral. Sei bem
  Que não pode contar, mas suspeito que seja
  Aquele com madeixas revoltas que nem...
— Por favor, Dona Ruth, caldo de galinha
  E compostura não fazem mal a ninguém.
  Guarde esses seus palpites para as tais candinhas.
— Credo, Madre! Lá tenho culpa se as madeixas
  Do moço são daquele jeito assim, que nem
  De um anjinho barroco? Também as bochechas...

— (Valha-me, Deus!)
      Pois bem, senhoras e senhores,
O jogral fica a cargo de Dona Izabel.
As alunas do quarto ano são uns amores
E, com bastante ensaio, farão bom papel.
— Então, Irmã, está confirmada a visita
Do Bispo ao colégio? Já tem dia e hora?
Estou pelas finais, nos confeitos e fitas
Do discurso de boas-vindas. Não demora.
— Agradeço demais o empenho, Professor.
Não confirmaram nada. Chega estou aflita.
Mas Deus nos ungirá com mais este favor.
— Mesmo que o Bispo não veja nossas meninas,
Ainda ontem tratei com o Doutor Mesquita,
Breve o discurso sai no *Correio de Minas*.

Na redação do jornal *O Pharol*

— Notícias a respeito
Da viagem do padre?
— Por enquanto, apenas
Conversa de comadres.
— É o jeito que eles agem,
Mantêm tudo no lacre.
— Com isso, o povo acha
De esperar por milagre.
— Mais as caraminholas
Que engordam nos basbaques.
— Vão consertar o mundo,
As putas que se lasquem.
— Puta, preto, maçom

E outros de igual naipe.
— Vão limpar a república,
Os bandalhos que aguardem.
— Um país sem pau-d'água,
Vinho de missa à parte.
— Vão purgar a província
De tudo quanto é traste.
— E varrer de uma vez
As tais modernidades.
— Vão meter a cidade
No metro de Bilac.
— Pra quem errar a rima,
O martelo da claque.
— Com o credo na boca,
Pensar é uma *boutade*.
— Então, quanto à viagem,
O silêncio de praxe?
— Dão Guaratinguetá
Como estação de embarque.
— Dia, hora, trajeto,
Não há ninguém que fale?
— Tal na fuga pro Egito,
Guardam a sete chaves.
— Comitiva das grandes
Ou de menor alarde?
— Os detalhes só quando
O trem chegar na gare.
— Aposto que com pompas
E vagão de alta classe.

No Botequim do João Bento

— O tal padre Macarrão
Já tem dia pra chegar?
— Você vem perguntar
Justo pra mim? Eu sei lá!
— Era só pra calcular
O tempo que tem de sobra.
— Camarada agora deu
De preocupar com a hora?
— Não, com o tempo que eu
Tenho ainda na cachaça.
— Conversa mais esquisita,
Que que tem o cu com as calças?
— Patroa cismou que o tal
Padre é santo. Fez promessa.
— Pra você largar da pinga?
Bem coisa da dona Bertha.
— Diz ela que basta o padre
Botar o pé na estação...
— E acabou a bebedeira.
Melhor ela largar mão.
— O padre que não se atreva
A fazer pouco da Bertha.
— Pensando bem, com aquele
Gênio, vai que ela enfeza.
— Capaz de caçar o pobre
Até o quinto dos infernos.
— Acho bom o padre ser
Santo ou nem passar perto.

Na Igreja Matriz

— Também nos dias que correm, tal no Velho Testamento,
Deus Nosso Senhor escolhe, dentre os tantos filhos de homem,
Aqueles poucos e raros que d'Ele trazem o unguento
E a cólera — e então clamam para que à Glória se somem
Os que têm olhos de ver e ouvidos de escutar.
Alegrai-vos, alegrai-vos, pois que um desses eleitos
(Mercê para a gente bem, açoite para o vulgar)
Em breve há de estar convosco para pregar o direito
E acusar os pecadores, para julgar o presente
E anunciar o futuro, sem alfaias nem patranhas.
De heresias e imundices, a cidade está doente,
Mas a cura vem na boca de Dom Luigi Lasagna.

No salão do Cabaré Danúbio Azul

— Madame fica tranquila
E evita qualquer furdunço.
Coisa aí de uma semana,
O padre já toma rumo.
— Cabaré meu tem barbúrdia
Não, Major Ubirajara.
Dos bebes até nas moças,
Tudo da mais alta laia.
— Eu sei disso, Mar... Madame,
Mas todo cuidado é pouco.
Basta uma briguinha à toa,
Sabe como é esse povo.
— E como sei. Adianta
Nada o tanto de dinheiro
Que eu dou pra caridade.

Olha a paga que recebo.
— Fazer o quê, Marguerite?
   As coisas são como são.
   Na senhora e nas meninas
   Ninguém vai relar a mão.
— Obrigo pai de família
   A vir aqui não. Bem pelo
   Contrário. Até despacho
   Uns e outros, aconselho.
— Nunca que tolero povo
   De fora dar de empatar
   A vida de gente minha.
   Cada qual no seu lugar.
— Sempre guardei os domingos
   E não faço festa em dia
   Santo. Eu sou mais católica
   Do que qualquer papa-missas.
— Se alguém se meter a besta,
   Resolver de malhar Judas
   Fora de época, garanto,
   Aí o negócio encrua.
— Agradeço por demais,
   Bira. Todo santo dia
   É um nervoso atrás do outro,
   Por conta da boataria.
— Dei ordem pra tropa inteira:
   Menor sinal de arruaça
   É pra fechar a estação.
   O trem do padre nem para.
— O maior medo do povo
   Aqui é o que esses carolas
   Podem arrumar depois

Do sermão. Se o troço engrossa...
— Vou botar um praça em cada
  Canto. Da rua Direita
  Cá pra baixo, quem passar
  Tem soldado de parelha.
— Faltam os caraminguás
  De dois ou três, coisa pouca,
  Mas mandaram entregar
  Já o devido adoça-boca.
— Minha tropa fica muito
  Agradecida, Margô.
  Agora, vamos tratar
  Daquele outro favor?

No Largo Municipal

— Dalva, você por aqui,
  Plena hora do almoço?
— Nem te conto, Adalgisa,
  Estou no maior enrosco.
— Tem alguém doente em casa?
  A empregada te deu bolo?
— Não, estava na modista,
  Provando um vestido novo.
— Casório ou formatura?
  Alguém da sua família?
— Nem uma coisa nem outra,
  Vestido pra ir à missa.
— É moda? Na minha igreja,
  Povo vai até de chita.
— Não é uma missa qualquer,

Precisa de estar na estica.
— Então, passo nem na porta.
De nova, nem a calçola.
— Diz que o padre vai pregar
Também na sua paróquia.
— Pros rotos e pros pelados,
Que isso por lá tem de sobra.
— Ora veja, a Adalgisa
Está a par da boa-nova.
— Me benzo mas sou católica.
E o povo só fala disso.
— Porque não é qualquer padre,
É italiano, um bispo.
— Fazer sermão vai tirar
Quem é pobre desse enguiço?
— Desconjuro, Adalgisa,
Ideia mais de jerico!

NA LOJA MAÇÔNICA

— O Venerável já despachou cartas
E enviou emissários. Fiquem certos,
Não se trata de Atenas contra Esparta.
— Desta comparação não desconcerto,
Pois, mesmo pelas trevas arruinada,
Ficou de Atenas o pensar liberto.
— Embora finda a era das Cruzadas,
Como dantes nos vemos afrontados
Pela cruz que manobram qual espada.
— Peço-lhes, com não menos desagrado,
Metam travas na língua e aguardem

Barra do Piraí fazer contato.
— Tem inteira razão Mestre Bernardes.
Decerto que os Irmãos ferroviários
Hão de agir com presteza e sem alarde.
— Não me apraz figurar no bestiário
Dos sermões e das trelas de bodega,
Mas também não dou para carbonário.
— Já eu até me rio do quanto cega
Toda a gente esses padres carcamanos,
Que muito prometem e pouco entregam.
— Nos juntamos aos tais republicanos
Para topar com outro Dom Vital?
— Toda viagem tem lá seus arcanos,
Vai que o trem para só na capital.

No Colégio Americano Granbery

— *Last but not least*, Mr. José Eleutério,
Não vamos nos meter nesta contenda.
— O aluno bradou tantos impropérios
Que não pude evitar a reprimenda.
— *Modus in rebus* é o que recomendam
Tanto a nossa fé quanto o magistério.
— Não sou homem de dar azo a parlendas
E posso ter pesado no critério.
— *Well*, pela manhã estive com os pais,
Prestes a convocar a Inquisição.
— Pelo filho estimo os modos dos tais.
Bastou dizer-lhe que éramos irmãos...
— Não vale repisar todo o calão,
Baixo como nem entre serviçais.

— Até que o bispo faça o tal sermão
  Não se pode falar nem meio mas.
— Melhor para o Colégio e o Senhor.
  Um metodista bem sabe que a Fé
  Não obra co'a Razão a desfavor.
— Como os outros colégios são papistas,
  Esta carta de abono aqui tem prés-
  Timo nenhum. Meu nome entrou na lista.

Na Estação Mariano Procópio

— E o tal do padre?
— O que que tem?
— Notícias, arre!
— Nem sei se vem.
— Deu na gazeta,
— Com dia e hora?
— Vi só de esguelha.
— Tudo lorota.
— Não ouviu nada?
— Neres de neres.
— Mas tem quem saiba?
— Talvez o Chefe.
— Tem cabimento
  Tanto mistério?
— É muito enredo
  Pra pouco credo.
— Ah, não embroma!
  Tem coisa aí.
— Quando se soma
  O trás ao triz...

— Quem faz de mouco,
Escuta largo.
— De curioso,
Morreu o gato.
— Apeia aqui
Ou na cidade?
— Do que ouvi,
Talvez nem pare.
— Tamanha espera,
Nem dá as caras?
O povo enfeza.
— Fosse esse padre,
Nem embarcava.
Nunca se sabe.

NA LIVRARIA PEREIRA

— *Ecce homo*! O poeta sem auréola, o verdugo dos homens públicos, o algoz das batinas mais alvas e mais altas, o *porte-parole* do povo e das praças, o bedel dos bestializados da República, o Castro Alves dos escravizados pelas artes do vapor e pelos engenhos da eletricidade.

— Meu caro, as afetações da sua fineza não alcançam sequer o primeiro lanço da escada íngreme, custosa e apurada da Ironia. São antes tropeços, os quais, a cada epíteto que a mim impinge, mais o arrojam aos porões da Retórica ou, quando muito, aos quintais do Beletrismo. Quanto à classe operária, não sou eu o seu cantor, apenas uma voz a mais no canto coral de sua revolta. E não são os teares e outras máquinas que escravizam o trabalhador, e sim os capitalistas que se assenhoram das obras dos gênios das

Ciências Mecânicas, cujos espíritos tratam de mover e mudar a matéria.

— Nota-se, *mon camarade*, que está nos cascos. Mas deixemos de lado o malsinado Socialismo, pois uma questão mais urgente se alevanta. *Tout à l'heure*, não mais que um quarto de hora, estavam aqui comigo o escritor X. e o pintor Z. Conversávamos acerca da cruzada moralizadora que proclamam pelos púlpitos e palanques da cidade, tendo como *avant-garde* o insigne Bispo de Trípoli. E os três ficamos curiosos por saber o seu juízo a respeito.

— Tem gente que pensa ser capaz de emperrar a máquina do mundo, de meter freios nas rodas da História, de pôr nos eixos a revolução dos costumes, de estreitar a bitola do progresso. Faz tempo, o bimbalhar dos sinos e o vozeio dos sermões sucumbiu ao apito das fábricas e dos trens, ao estrépito das ruas e aos reclamos da gente mais humilde. E cairá a triste civilização cristã diante da alegria dos operários. São eles os novos bárbaros — e seus pés ligeiros e audazes não se deixarão deter pelos martelos do medo nem prender pelos alicates da culpa.

— Bem sei, *mon cher*, que rabugice não é pecado que careça de absolvição. Quanto ao resto, fosse você, tratava de buscar, *en grande hâte*, um padre confessor.

Na Fábrica de Cerveja José Weiss

— São mais vinte partidas canceladas.
Da maneira que a coisa vai, periga
Não ter nem pro salário da semana.
— E ainda ontem, chegou mais cevada.
Por mim, nem entro aí nessas intrigas,
Mas acho o patrão meio doidivanas.
— Todo mundo avisou. Os bares já
Estão às moscas. Era moderar
No envase até passar o tal do padre.
— Quer mesmo saber? Pouco se me dá.
Cerveja encalhou? Vem bem a calhar.
Enche logo a caneca aqui, compadre.

Horrivel catastrophe
MORTES E FERIMENTOS

Hontem, cerca de 4 horas da tarde, foi a população desta cidade dolorosamente surprehendida pela noticia rapidamente espalhada de uma grande catastrophe que se deu na estrada de ferro Central, entre as estações de Mariano Procopio e desta cidade, estações que guardam entre si mui pequena distancia.

Com 3 horas de atrazo seguia hontem para Mariano Procopio o expresso do Rio, quando na curva da linha, junto áquella estação encontrou-se com o M 14 que d'alli sahia; nesse encontro o carro do correio do trem S. 1, cavalgando um «wagon» especial em que iam o exmo. Sr. Bispo de Tripoli, 12 irmãs de caridade, 10 padres salesianos e algumas mulheres de nacionalidade italiana, que suppõe-se serem criadas, esmagou-o completamente, resultando do terrivel desastre muitas mortes cujo numero não podemos precisar por emquanto, visto como, até á hora em que damos esta tristissima noticia, ainda se procede ao serviço de desentulho dos destroços dos carros estragados.

Até agora foram verificadas as seguintes mortes:

D. Luiz de Lasagna, Bispo de Tripoli.

Padre Bellarmino Villamit, secretario do sr. Bispo de Tripoli.

A superiora geral das irmãs salesianas.

3 irmãs e 4 padres.

1 foguista, que ficou esmagado entre as machinas.

O machinista do S 1 ficou gravemente ferido.

Feridas, gravemente, 5 irmãs e levemente 2.

Salvaram-se milagrosamente 3 padres que conseguiram saltar.

Este fatal encontro, ao que nos informaram no logar do sinistro, foi devido á falta de communicação de partida dos trens, por não poder funccionar o telegrapho á hora da tempestade que então desabava nesta cidade.

Pensamos, entretanto, que, uma vez não havendo communicação telegráfica, não devia por isso mesmo o sr. agente permittir a partida do M 14, visto não ter alli passado ainda, á hora da catastrophe, o trem S 1, que, como expresso, faz pequenas paradas nas estações.

Foi um espectaculo horrivel, cuja descripção, por mais viva, ficaria muito aquem da tristissima e commovedora realidade.

O illustre medico sr. dr. Christovam Pereira Nunes, que reside proximo á estação de Mariano, grande dedicação revelou soccorrendo as victimas e offerecendo a sua casa para recolherem-se os feridos e os cadaveres, até que fossem tomadas providencias mais completas.

Além do dr. Christovam Nunes, achavam-se no logar do sinistro o sr. dr. Octaviano Guimarães, que tambem prestou serviços aos desgraçados, e autoridades.

O espirito da população está dolorosamente impressionado, abstendo-se de qualquer commentario em relação ao desleixo da nossa estrada de ferro, para o qual não encontra qualificativo bastante adequado.

— O pessoal da estação de Mariano fugiu, segundo somos informados, receando a acção da justiça; o agente, porém, foi preso para averiguações.

Até agora são estas as notas que pudémos colher sobre a catastrophe da Central.

RECLAMES PUBLICADOS POR OCASIÃO DA VISITA DE D. PEDRO II À CIDADE DE LEOPOLDINA EM ABRIL DE 1881

ALUGA-SE cafezais em flor para alindar a vista de S. M. Dom Pedro II; na rua Direita n. 82.

VENDE-SE lendas antigas para o caso de trocar algumas palavras com o Conde d'Eu; beco do Pito-Aceso, portão pegado na bodega do Durvalino.

ALUGA-SE três pretas, um bom moleque e um outro pardinho, livre, de 14 anos, para engrossar as ovações ao Sr. Imperador e comitiva, a 2$ cada, na rua dos Burros n. 3.

VENDE-SE trinca de sonetos à *la rigueur*, com chaves d'oiro e rimas ricas; todos de bastantes encômios e loas a S. M. Teresa Cristina, por 3$ a peça, em grosso 8$; sendo de mister, o próprio vate encarrega-se da recitação ao preço da merenda.

VENDE-SE meia dúzia de causas mortas e respectivos mártires para fazer rir aos nobres da comitiva imperial, a preço de ocasião. Tratar com Totonho Furtado na redação deste mesmo *O Leopoldinense*.

VIAGEM DE ACABAR OU LEOPOLDINA *REVISITED*

> *... empurro a pedra sem acreditar no mito.*
>
> MIGUEL TORGA

NOTA EXPLICATIVA

Em 1920, o adolescente português Adolfo Correia da Rocha, natural de São Martinho de Anta (Trás-os-Montes), desembarca do paquete Alianza no porto do Rio de Janeiro, onde o aguarda um tio paterno, proprietário de terras nos arredores da cidade de Leopoldina, Zona da Mata do estado de Minas Gerais.

Ao longo de quatro anos, o jovem trasmontano será "uma simples máquina de trabalho" na fazenda do tio, até que este resolve matriculá-lo no Ginásio Leopoldinense, ocasião em que descobre a poesia e o cinema.

A bordo do navio Andes, o tio retorna a Portugal em 1925, junto com a família, incluindo o sobrinho. Como paga pelos serviços prestados em seus cafezais, decide custear os estudos de Adolfo na Universidade de Coimbra.

Aos 27 anos, o médico Adolfo Correia da Rocha adota o pseudônimo de Miguel Torga. Com o prenome, homenageia dois escritores espanhóis de sua predileção — Cervantes e Unamuno —, enquanto no sobrenome faz referência a uma espécie de arbusto típica das terras trasmontanas.

Em meados de 1954, o poeta, escritor, ensaísta e dramaturgo Miguel Torga chega ao Brasil para participar do Congresso Internacional de Escritores em São Paulo. E aproveita a estadia para uma viagem sentimental a Leopoldina. A partir das lembranças das tantas estações da via-sacra de sua adolescência no leste das Gerais, Torga escreve os quatorze poemas aqui coligidos.

Não se sabe ao certo se enviados posteriormente, esquecidos ou deixados com Dona Micas quando da passagem do escritor por Recreio, tais textos chegaram a minhas mãos graças aos Fiorese, que, residindo nesta cidade, intercederam junto aos herdeiros daquela senhora. Fiz apenas acrescentar-lhes o título sob o qual vão publicados.

Esta a ficção que arrima os poemas a seguir.

Primeira estação

Antes atirar-me às águas do Doiro
E fazer da morte um repto ao empíreo
Que cumprir um fado de mau agoiro
E os dias trair entre cotos de círios.

Antes sofrer do Pai ir às do cabo
E a vergonha que sou lançar-me às fuças,
Pois, ele lá sabe, não menoscabo
O santo e senha que este chão rebuça.

Antes tornar-me num desses escravos
De agora e de sempre, sem fazer caso
Da pátria onde hei de amargar o travo
De mudar-me em homem antes do prazo.

Antes o Brasil, essa esfinge inteira,
Que uma terra assim maninha de frutos
E sonhos. Portugal que me não queira
A atravessar o Atlântico de luto.

Segunda estação

São horas de emalar a trouxa...
Camisas, ceroulas e colchas...
E ir-me ao baptismo sem padrinhos...
Cinco toalhas, fumeiro e vinho...
Abre-se um abismo em mim
De lés a lés — mas digo sim.

Foi o fado que me agarrou
P'lo cu das calças e atirou
Contra o chão duro do presente.
Quanto ao que me passa em frente,
Um mar de febre e aflição,
Em som de guerra, digo não.

Já tanto ficou para trás...
Mirandela, Régua, Vinhais...
Já tanto se me perdeu...
Alijó, Sabrosa, Viseu...
Portugal a fugir de mim
E eu dele — porque digo sim.

Aqui trago o mais que me resta,
Nesta mala de mão modesta,
Meu madeiro, meu Portugal,
A guardar o bem que há no mal
E este migalho do Marão,
Que sou eu — e a quem digo não.

Está apenas a começar
A dura viagem de acabar.
E às tantas desfaz-se a infância
E fica apenas esta ânsia
De partir pra longe de mim
E do chão onde digo sim.

Só não me aparto desta mala,
A cruz que me salva e sinala
O início da via dolorosa
Que todo emigrante desposa
Por ser bicho de má nação,
De longada entre o sim e o não.

Terceira estação

O caos apavora menos que ver
Os meus deuses devagar a morrer:
Pequenos deuses que trouxe de Anta,
Ainda mais pequenos porque é tanta
Terra, tanta água, tanta assombração,
Que até parece que deste chão
Ninguém tem conta, peso ou medida.

Contra essas criaturas malparidas
Pela noite imensa, descomunal,
Que podem os meus deuses de quintal?
De que vale ligar o nome aos bichos,
Se tantos e tão iguais nos caprichos
De morder, picar, rasgar e varar
Este corpo, assim magro e alvar?

Por aqui, nada do que eu sei concorda;
Tudo rebenta, difere, desborda.
Tal e qual desmedido latifúndio,
É tudo uma confusão de gerúndios,
De coisas à larga se abrindo, ardendo,
Parindo, crescendo — sob mil sóis sendo
A cópula de Babel com Paraíso.

É preciso outro estalão, outro piso.
Aqui, nada vale ou pouco prescreve,
A ciência de meus avós almocreves.
Para amansar tamanha geografia,
Feita de barbárie e de utopia,
Não há arado ou gadanha que baste,
Nem homem que se não mude num traste.

Quarta estação

Há noites em que me deito
No colo da Mãe ausente
E sinto assim o que sente
Um moribundo no leito:
O chamado dessa terra
Que virá cobrir-lhe o peito,
Chamado que nunca erra...

Saudade, culpa, serpente
— Seja o nome que se dê
Ao que me leva urgente
Ao colo da Mãe ausente,
Nele estou todo à mercê
De medrar fora da leira,
À monda de qualquer gente.

As noites nesta fronteira
Seriam uma morte inteira,
Não fosse o sonho ingente
Que teima dentro aqui,
Como quem brinca e sorri:
No colo da Mãe ausente,
Ser o infante que perdi.

Quinta estação

O Cristo teve apenas um Cireneu
Que o ajudasse com o lenho,
Enquanto eu,
Na minha humana pequenez,
De vez em vez,
Encontro um e outro — só meus.

É escusado:
Por não ter deuses, nem ser
Um deles,
E recusar qualquer poder,
Mesmo o mais reles,
É que preciso das mãos doutros homens,
Ainda que falíveis,
Maninhas,
Incorrigíveis,
Tais como as minhas.

Não direi nomes,
Essa coisa que nos some
Do ouvido e da memória,
Logo que a campa das horas
Nos vem devolver ao pó.
Direi, no entanto e agora,
Ao modo do eiró
De onde vim,
Que ao fim de contas
Tudo são contas — a pagar.

E assim
Hei de pagá-las a eito
(Nunca ao par)
Se o tempo mo deixar;
Não com o oiro que não tenho,
E muito menos com algum perfeito,
Inédito engenho
De rimas ricas e metro solar.

"Quem tem sangue faz chouriços",
O povo diz, e diz bem.
Eu cá tenho palavras
E, por causa disso,
Faço delas o que posso e me convém:
Esses versos sem jeito,
Arrancados ao rés do chão,
Não como um preito
Aos que, com suas mãos,
Deram-me corpo e remate;
Porque a esses
Não há verso que lhes pague.

A minha homenagem
É a vida que levei
E levo.
Foi dela que desentranhei
Cada verso,
Como se desfazer-me da bagagem
Pudesse abrandar o reverso
E o saibro da romagem,
Quando cada palavra
É um prego mais que cravo
Nesta cruz que tem
A medida exacta
Dos meus pecados.

Não vos digo que os meus Cireneus
Me tenham ajudado
A carregar o lenho.
(Isto é coisa que só merece um Deus.)
O que me deram e tenho,
Como bens sagrados,
São estas mãos duras,
Concretas,
Inquietas,
Sempre a meterem-se nas luras
Da humana aventura,
A ver se daí tiram algum lume.

E esses Cireneus deram-me também
O costume e o gume
Das palavras necessárias e devidas
— Verbo a jeito de palmatória —,
Aquelas que têm o saibo da vida
E livram-me dos mimos da oratória.

Pois bem:
Pelo que me respeita,
Gostava que um único verso meu
— Dos muitos que tenho escrito,
Como quem carrega
De rimas e mitos
O rabelo sem espadela
A que chamam vida —,
Que esse verso fizesse
Pela alma dorida dalgum leitor,
O mesmo que fez
Por um menino aterrado
No Brasil da sua desventura,
Aquela benzedura
Dum preto mal-encarado:
Talhou a erisipela
Que enchera-me a perna.

Sexta estação

Não se chamava Verónica,
Nem propriamente limpou-me
O cuspo e o suor da cara;
A carne nada canónica,
Pelo contrário, matou-me
A fome mais chã e ignara.

Pelo contrário, fez suor
Em mim — e cuspo e mais coisas
Que um menino não governa
E são sua ânsia maior,
Como nau que sempre ousa
Navegar contra a lanterna.

Não era musa nem santa,
Nem lhe deixei o meu rosto
Estampado nalgum linho.
Se milagre houve às tantas,
Foi tal como o do mosto,
Que sem ar muda em vinho.

É nas horas mais danadas,
Quando me falta lugar,
Que me lembro de Belmira,
Minha Verónica usada,
Uva prestes a azedar
Num paraíso de mentira.

Ah, Belmira, obra de oleiro
Descuidado! Tão surrada
Pela miséria dos trópicos!
Em ti, eu me perdi inteiro
Entre ser lume e ser nada
— Este meu drama ciclópico.

Sétima estação

Muda-se a língua, muda-se a paisagem,
Muda-se a trama, muda-se a medida;
Para o menino é já outra a partida,
Dum jogo o mais animoso e selvagem.

Pudesse ao menos este país-miragem,
Junto com as guturais desabridas,
Amaciar-lhe as muitas quedas doridas
Que há de encontrar nesta sua romagem.

No entanto, mal acorda para a terra
E é já moiro sem féria ou valia,
A respigar dentro de si uma guerra.

E à conta de mudar-se cada dia,
Também muda a questão que o aterra:
"Como regressar se sou travessia?"

Oitava estação

Onde estejam é Jerusalém!
Barafunda e lágrimas de quem
Pisa com desdém
O amor que me é raro
E não lhes cabe.
Porque eu sou todo desamparo
E a espera urgente de que desabe
Esta carne com que mascaro
A dor que apenas a alma sabe.

Oh! mulheres desta Jerusalém,
De todos e de ninguém,
Vosso choro
Não quero nem mereço!
Guardai para outro
As pancadas em vosso peito,
Guardai vossos corpos
Para os moços
Que vos possam dar um leito
Perfumado, risonho e fresco.
Ou então,
Guardai-vos inteiras,
Sob grossos panos,
Para a alegria que me passará ao largo,
Embora por ela endureça a mão
Contra os tiranos,
E faça o meu canto alto e claro
Para tocar todo coração
Humano.

Porque dias virão,
Oh! mulheres de Jerusalém,
Em que vossos nomes ressoarão
Na boca dos filhos que não geramos.
E pelo oceano além
Hei de carregá-los comigo,
Na minha própria carne tatuados;
Hei de carregá-los ao abrigo
Dum poema
No silêncio amortalhado.

Oh! Lia, Dina, Norma, Rute, Iracema
(E as muitas mulheres que não cantei,
Por pudor ou algum outro senão),
Dias virão
Em que o amor não mais será
Meu *Agnus Dei*,
E a simples menção
Aos vossos nomes
Há de derrubar as muralhas que ergui
À volta de mim.
E assim,
Vossos corpos brejeiros,
Perdidos junto com o chão brasileiro,
Formarão uma pátria inteira,
Sem nome
Nem fronteira,
Onde seja o bicho-homem
O único deus adorado.

Mas, oh! mulheres de Jerusalém,
Eu, tal e qual como sou e sei,
Dessa pátria também
Só o exílio conhecerei.

Nona estação

Sou eu que somo e transporto
As contas da míngua alheia.
Sou eu que, num borrão torto,
Registo a meada da teia
Que amortalha em vida
Essa gente já nascida
Com dívidas a pagar.

Virgolino .... Dois litros de cachaça
(Zero na conta é sua menor desgraça).
Jesuíno .... Uma enxada jacaré
(Do mundo só conhece os pontapés).

Quem há de averbar à conta
Dos senhores da História,
Em soma que tanto monta,
Esta miséria inglória?
Por tantos bichos sem chão,
A passar de mão em mão,
Quem há de testemunhar?

Anacleto, pai .... Meio metro de fumo
(Ao filho legou o mesmo triste rumo).
Preto Valentim .... Quatro rapaduras
(A morte já enfeita-lhe a figura).

Que fique neste borrão,
Como uma nódoa eterna
Ou dívida sem perdão,
O crime de quem governa
O número contra a vida,
E com gadanhas medidas
Faz esta terra sangrar.

Décima estação

As desgraças do Brasil
eram duas, agora são três:
a formiga-cabeçuda,
o italiano e o português.

Ninguém perdoa,
Nesta terra de camisa aberta,
Um galego sem pátria certa,
A despegar-se lento
Do seu reino de pedras,
A chorar por dentro
O mal dessas lonjuras
Todas feitas de esperas
E agruras.

Tal como Adão
Fora do paraíso,
Se me recusam qualquer chão,
É sempre sáfara, a terra que piso.
Diante da minha nudez,
Por mais que faça,
Cobrem-me dum riso
Duro e ruim.
Porque sou dessa raça
De acabados arlequins,
Que pela terra fora passa
A carregar o guizo
Que mete Deus naqueles
Com que não gasta
Sequer a mais reles
Das suas graças.

Por absurdo do destino,
Sendo Adão,
Sou também um peregrino:
O Cristo,
Naquela negra hora da paixão
Em que o despiram de suas vestes
Até ao barro da humana condição.

Por que sejam, então,
Os dias e anos de nudez agreste,
Sem luz e sem pão.
O sudário que meu canto veste,
Baralhou-se a minha voz assim
Com a desses homens
Desterrados,
Perseguidos
E humilhados
Por aqueles que não sabem
Que a nudez do começo
É a mesma do fim.

Décima primeira estação

Hóspede em casa alheia,
Em má hora aqui chegado,
A aguentar o peso vivo
Deste chão arrevesado.

Sem lugar à mesa,
Num banquete de comensais mofinos,
Fazem-me de fel e vinagre,
Enquanto em silêncio rumino
O acaso ou o milagre
De não sei que salvação.

Como um bicho perseguido
Pelos argumentos do sangue,
Desperta o nómada em mim,
Entre o céu desmedido
E o chão mutilado,
A desafiar o destino malsim
De ser até ao fim
Um outro crucificado.

Décima segunda estação

Ando de luto por mim mesmo,
Pois, de quanto fui em menino,
Restou-me apenas este chouto
De passos trocados e a esmo.

Morto o moleque do terreiro,
Este que regressa em desafino,
Entre os seus não encontra couto,
Pra sempre estranho e estrangeiro.

São dum outro o corpo e a voz,
Que o menino resta aterrado
Junto dum cafezal de Minas,
À sombra de passados sóis.

Hei de voltar eternamente,
Sem jamais emendar o fado
De uma pátria que me destina
A outra, como penitente.

Carrego esses fantasmas vivos:
Duas pátrias guardadas em sal
E o menino que a mim me obriga
A essas canções em negativo.

Andamos de luto por nós,
Pois, de quanto foi Portugal,
Restou-nos a terra, a língua
E essa saudade sem foz.

Décima terceira estação

À moda de cá, sou um torna-viagem,
À moda de lá, um galego a menos.
E por ambas estou condenado
Ao mais magro aceno
Dum país sonhado
No sal da saudade.

Sem ar de cadáver,
Morreu-me a criança inteira
Na epopeia escrita a enxadão.
É de pedra e gelo
O colo que me dão
Na pátria repartida e alheia
Ao meu rosário pagão,
De contas maceradas
Contra este coração
Do berço desencontrado,
Mas por nada
Desterrado.

E se quero escutar
Uma cantiga de embalar,
Eu próprio que a faça,
De mistura com o silêncio
Do meu povo amordaçado
E com o grito de nossos heróis
Envergonhados
De nós.

Décima quarta estação

A hora é de sim ou sopas.
E como já não caibo neste chão,
Muito menos na roupa
Do menino desterrado de então,
Que seja aquele morto,
A cantar contra mim e contra todos
E tudo — sim ou socos
Para arrancar o futuro do lodo.

À ESPERA DOS CARCAMANOS

Ao Luiz Ruffato

O que esperam reunidos na gare?

    É que chegamos hoje pela Leopoldina.

Por que tanta apreensão na igreja?
Contra que se benzem o padre e as beatas?

    É que chegamos hoje pela Leopoldina.
    Mesmo sem conhecer, já desconfiam
    de nossos modos, nosso sangue, nossa língua.

Por que, desde as primeiras horas
e dentro do mais impecável uniforme,
o chefe da estação empertigou-se na gare?

    É que chegamos hoje pela Leopoldina.
    O chefe da estação deve mostrar
    que há autoridade nesta terra.
    Para tanto, também perfilou
    os funcionários ao longo da plataforma.

Por que hoje fazendeiros e comerciantes
usam suas roupas de domingo
e as mais lustrosas botinas
e armas iguais e municiadas?
Por que confabulam em surdina
junto dos cavalos finamente arreados?

      É que chegamos hoje pela Leopoldina
      e ao poder convém dar ares.

Por que nenhum vereador preparou
um improviso de boas-vindas?

      É que chegamos hoje pela Leopoldina
      e não merecemos a sua douta oratória.

Por que tanto espanto e alvoroço
ao nosso desembarque? (Que asco nestes rostos!)
Por que nos dão as costas tão logo somos
entregues ao mando dos fazendeiros?

      Por que não nos esperavam tão brancos,
      tão maltrapilhos, tão catrumanos
      — iguais a outros tantos.

Ah! O que será de nós, os bárbaros?

TRIBULAÇÕES DE UM HISTORIADOR DA PROVÍNCIA[1]

> ... muitas vezes luziu o que
> não era ouro, e foi tão injusta a fama,
> que trocou os nomes às cousas e às pessoas,
> e soaram pelo Mundo erradamente.
>
> PADRE ANTÓNIO VIEIRA,
> SERMÃO DA VISITAÇÃO DE NOSSA SENHORA (1640)

INTRODUÇÃO

À guisa de prefácio, ou mesmo de advertência,
Cumpre-me rubricar a questão que transtorna
Estas linhas, qual seja, a tensão da ciência
(E refiro a História) entre a ficção que adorna

Um passado amiúde bárbaro ou inglório,
E a mais fera verdade, os fatos sem alfaias,
O revés dos heróis. Sejamos peremptórios:
O áporo não arreda, nem há quem o distraia,

---

[1] Parcialmente publicado sob o título de "Juiz de Fora: a invenção da origem", em *O Lince*, Juiz de Fora, ano 51, nov./dez. 1973.

Porque o imaginário também trama a história
— Não inteira, mas cuida de emprestar o motor
Para que o homem possa, nessa marcha aleatória
E breve por um tempo, sem lastro ou penhor,

Escrever outro enredo, que não em linha reta
E com iguais rubricas, arranjar personagens
Cujas máscaras sejam menos o oco que afetam,
E cenários que valham o peso da bagagem.

Mas a ficção também tem outra serventia
— E não das mais direitas quando nas mãos de quem
Da noite dos vencidos faz o seu próprio dia,
E a crônica demuda num regrado armazém.[2]

Restaria fiar-se nos traços do passado,
Signos que nos alcançam quase por acidente,
Muito embora os perdidos pesem mais que os achados.
Mas convém ter cautela, os documentos mentem.[3]

---

[2] Referimos as críticas de Walter Benjamim em *Über den Begriff der Geschichte* (*Sobre o conceito da História*) ao investigador historicista, que seleciona e ordena os acontecimentos e personagens conforme uma relação de empatia com o vencedor, ao contrário do cronista pautado pelo materialismo histórico: "O cronista que narra os acontecimentos, sem fazer distinção entre os grandes e os pequenos, tem em conta a verdade de que nada do que aconteceu um dia pode ser considerado perdido para a história" (BENJAMIN, Walter. *Gesammelte Schriften*, I, 2. Frankfurt am Main: Suhrkamp, 1970).

[3] Acerca da "crítica do documento", ver o verbete *Documento/Monumento*, de Jacques Le Goff, no volume V da *Enciclopedia Einaudi* (Torino: Giulio Einaudi Editore, 1978).

E também as ruínas quando mudadas em
Lustroso monumento, purgadas da barbárie,[4]
Como um cordato preito, um genuflexo amém
Aos dentes que espedaçam, mas civis e sem cárie.

Quanto aos documentos, que se faça um ajuste
De contas com os mortos sem voz ou alfabeto,
Que a violência da letra se acuse e, quanto custe,
Defenda-se o papel de heróis e de insetos.

---

[4] "Nunca há um documento da cultura que não seja, ao mesmo tempo, um documento da barbárie" (BENJAMIN, Walter, *op. cit.*).

As cidades como os homens

Tudo o que antes foi dito, mesmo com certo abuso
Dos caprichos de quem não nega a digressão,
Serve às linhas abaixo, tem propósito e uso:
Aclarar o que tenho como tribulação.

Origem não existe. Mesmo quando o sujeito,
Na prosa de dizer-se, resolva prestar contas
Da gênese de um tique, de um ou outro defeito,
Daquela qualidade que não raro lhe apontam,

Trata-se sempre e sempre de inventar a mecânica
Que na vida não há, de surpreender em si
Os sinais de seus mortos, empresa menos pânica
Do que saber-se acaso, um precário croqui.

E mesmo por escrito, quando a pessoa assenta
No papel as memórias,[5] não faz menos nem mais
Do que eleger nas modas e nas *fácies* parentas
Aquelas que lhe dão sentido desde trás.

Como ocorre aos homens, as cidades também
Cuidam de registrar pelas mãos dos cronistas,[6]
Os fatos e os heróis que ao poder convêm.
Mais e antes o retrato da casta de alta crista,

---

[5] Embora o caráter documentário e referencial geralmente atribuído à prosa memorialística, ressalte-se que as operações de textualização da memória se fazem conforme a tensão, o contágio e o amálgama instável entre o testemunho do passado e as "ficções do eu", na medida da dissolução das fronteiras entre realidade e imaginação que caracteriza as *écritures de soi*.

[6] Ver nota 3.

Grafado com as pompas do estilo beletrista
E com as artimanhas que raro escriba tem,
Uma vez que se trata de uma edição revista
Das praxes e dos feitos, conforme a gente bem

Queira mostrar-se culta, rasurar os arquivos
De seus crimes e vícios, adornar a família
Com os brios que faltam, manter os adjetivos
Mais os verbos de ação sob estreita vigília.

E assim foi que se deu mesmo em Juiz de Fora
(*Tu le connais, lecteur, ce monstre délicat*),[7]
A fábula com ares ora de dogma, ora
De cabal axioma — e podes atinar

Qual foi a mãe de todas as tais tribulações[8]
Que no título aponto: como botar abaixo
Certo constructo feito tanto de aberrações
Quanto engenhos escritos num viés o mais graxo?

---

[7] Excerto do poema "Au lecteur", de Charles BAUDELAIRE (*Les fleurs du mal*. Paris: Le Vasseur, 1934).

[8] Desta primeira e maior tribulação, decorrem todas as demais, ainda quando não nomeadas.

Do herói-civilizador

Os mitos não decidem entre ruína e obra,
Entre cosmos e caos, posto que ambos inteiram
O mesmo movimento com que os deuses manobram
O tempo e as criaturas — bárbara brincadeira.

Entanto, não é igual ao jogo que jogamos
Nós quando em tempo esconso e em lugar sem remates,
Quando mortos os deuses e quanto lhes fiamos
— Das linhas do destino até o prosaico desate.

Daí, não por acaso, as gentes vão à cata
De algum outro estalão, metro de todo alheio,
Com o qual aprumar a história em vulgata,
Conforme o figurino e a Europa[9] de esteio.

Como disse lá trás[10] (e súbito empaquei
Para causar suspense), mesmo em Juiz de Fora
(E repito este trecho, o recurso que achei)
Gente de escol cuidou que fosse a vez e a hora

De pronto jogar fora tudo quanto de feio,
Imundo e vergonhoso se deu nessa empreitada
De, com astúcia e armas, tomar o chão alheio,
De submeter os pobres à peia e à piada

---

[9] Ver a respeito, CHRISTO, Maraliz de Castro Vieira. A *"Europa dos pobres"*: *Juiz de Fora na* Belle-Époque *mineira*. Juiz de Fora: EDUFJF, 1994.
[10] Ver estrofe 16.

E com as tripas destes dar coração ao clã,
De lustrar com latim o incesto e a tocaia,
De, por fim, apagar a memória mais chã
Para alinhar a história conforme sua laia.

Melhor que nenhum bruto paulista ou das Minas
(Ou mesmo alguém da Corte), de linhagem suspeita
E passado sombrio, tivesse esta vitrina
De quem meteu nos eixos e tornou escorreita

Terra afeita tão mais ao Judas que ao Cristo,
Ao angu com taioba que ao *boeuf bourguignon*,
À luxúria do visto que à crença no previsto,
Ao cru que ao cozido, à lida que ao dom.

Pois dar ares civis a esse sertão menor
Pedia maior lustro — Alguma língua mais
— Um diploma, quem sabe, e era o mel do melhor
— Calhava muito bem certa rudez assaz,

Militar, se possível — Uma renca de filhos,
Virava pai do povo — Fosse homem dado a obras,
Que alentado remate! Não demandava ter brilhos
Tantos e assim tão altos — quando é demais a sobra

As gentes desconfiam. Além do que, é claro,
Não estavam à cata de algum santo ou gênio,
Bastava ao sujeito ter devido preparo
Para fazer-se de, aturando o proscênio.

Não foi maior o espanto que o cabal regozijo
Quando calhou de dar naquela freguesia
O tal alemão Heinrich,[11] com idade mas rijo,
E outros atributos, mais do que se queria:

Soldado em Waterloo, engenheiro formado,
Um fazedor de estradas, de filhos e de mapas.
Halfeld, sob este nome de homem civilizado,
Julgaram, a Europa nunca mais nos escapa.

---

[11] Heinrich Wilhelm Ferdinand Halfeld, militar e engenheiro nascido na cidade mineradora de Clausthal, Reino de Hanover, em 23 de fevereiro de 1797. Chegou ao Brasil em 1825 para integrar o Corpo de Estrangeiros do Exército Imperial, criado por Dom Pedro I. Nomeado Engenheiro da Província de Minas Gerais em 1836, residiu em Vila Rica (atual Ouro Preto) e, posteriormente, fixou-se em Juiz de Fora, onde se casou com Cândida Maria Carlota, filha de Antônio Dias Tostes. Morreu nesta cidade em 22 de novembro de 1873.

A HISTÓRIA VISTA DE BAIXO

Halfeld, sob este nome se escondem muitos dados
De antes dessa cidade, por suas mãos, virar
Um lugar europeu[12] de tão civilizado.
Era de esperar mesmo que, ao cabo e ao par

De feitos mui simplórios e aqueles mais infames,
As famílias de bem quisessem olvidar
O miserê de ossos no cozido de inhame,
Os tempos de suor no pó de tal lugar.

E não foi lugar fácil antes de ter café[13]
(O qual pouco durou e pôs tudo a perder).
Penoso em demasia da terra tomar pé,
Sempre antes no dever do que no incerto haver,

Perto de naufragar naquele mar de morros.
E não fora os escravos que com elas traziam,
As famílias decerto ficavam sem socorro,
A comer planta brava e moer a fidalguia

---

[12] CHRISTO, Maraliz de Castro Vieira, *op. cit.*
[13] Acerca da grandeza e decadência da cultura do café na Zona da Mata de Minas Gerais, ver os capítulos IV e VIII de TAUNAY, Affonso de E. *Pequena história do café no Brasil (1727–1937)*. Rio de Janeiro: Departamento Nacional do Café, 1945.

Nos serviços mais baixos, quase feitas puris:[14]
Os meninos pelados, os homens sem botinas
E as mulheres em trapos, posto que, por ali,
O outro atravessava, mas nunca fez vitrina.

Ver a história de baixo[15] nos sujeita e obriga
A apalpar outras vozes, farejar entrelinhas,
Degustar nos retratos a senha das intrigas,
Desvelar o silêncio que os vencidos cozinham

Às vésperas da festa. E também desmontar
O exemplar proceder dos tantos assentados
Como nome de rua ou estátua vulgar,
Para mostrar que o reles não escolhe costado.

Não foi tarefa fácil aprumar um lugar
Tão avesso em seus morros à lida da lavoura,
E do gado inda mais. Em nada similar
Ao fado da bateia ou ao veio que agoura

---

[14] Para maiores informações a respeito dos puris no leste de Minas Gerais, consultar MANOEL, Joel Peixoto. *Índios puris*. Revista de Historiografia Muriaeense, ano II, n. 2, maio 1979.

[15] No ensaio *History from below*, Jim Sharpe afirma que a publicação no *The Times Literary Supplement* (7 abr. 1966) do artigo *The History from below*, de Edward P. Thompson, atraiu prontamente diversos historiadores interessados em "explorar as experiências históricas daqueles homens e mulheres cuja existência é muito frequentemente ignorada, tacitamente aceita ou apenas mencionada de passagem na principal corrente da história (*In*: BURKE, Peter (ed.). *New perspectives on historical writing*. Cambridge: Polity Press, 1991). Ver também THOMPSON, Edward P. *The making of the english working class*. New York: Vintage Books, 1963.

Uma vida em pijama, toda de range-rede,
A roça nada empresta, seja do acaso, seja
Da festa ou da fé; e mete entre paredes
Até mesmo os mineiros, gente das mais andejas.

Tal o caso de muitos: para aprender da pedra
Tão inteiro revés, seu viés de miséria,
Foi preciso a lição do não que nela medra,
Lição que ensina o morro com crueza e sem férias,

E que a chuva reitera, consoante suas pancadas
Lixam até nos ossos essa terra, por nome
Destinada ao mar,[16] ao Paraíba dada
Por corgos, ribeirões e rios sem renome.

Também carne que preste no oblíquo não se apura;
Dos esforços do boi pelo través dos morros
Resultam muito nervo e miséria de gordura,
Coisa que, amiúde, enjeita até cachorro.

Mas como houvesse água, foi possível ao menos,
Depois de derrubar a mata, fazer pasto
E botar algum gado de leite e, não somenos,
De serviço, que dava para cobrir os gastos.

---

[16] Trata-se aqui da denominação morfoclimática "mar de morros", cunhada pelo geógrafo francês Pierre Deffontaines e característica da bacia do rio Paraíba do Sul, incluindo a Zona da Mata mineira. O mesmo Paraíba do Sul que, engordado pelas águas dos seus afluentes mineiros (rios Pomba, Muriaé e Paraibuna), alcança o Atlântico na altura do município fluminense de São João da Barra.

Coisas de mais valia nesta estação de muda
De um usado Caminho (embora dito Novo)
Eram as muitas mulas, em geral das taludas,
De modo a suportarem a carga e os corcovos

Da trilha e seus atalhos. Entanto, eram mulas
Trazidas desde longe — nem isso ali criava —,
Pois vinham da Argentina, a um custo que calcula
As cabeças perdidas para as cobras e as clavas

Do povo botocudo, além de outros danos.
Quem tinha ou queria mostrar certa *finesse*,
Nunca que se daria ao ofício fulano
De comerciar burros — até causava espécie.

Foi isto até que um Tostes[17] atinou que seria
Bom negócio comprar matrizes de muar
E fazer de criação. Afora a picardia
Da parte de alguns poucos, logo o que era um desar

---

[17] Dentre outros, os fatores que explicam o crescimento da riqueza da família Tostes referem tanto a criação e o comércio de bestas de carga, como atestam fontes primárias descobertas recentemente em uma das propriedades rurais do clã, quanto o tráfico de escravos, tal afirma Jonis Freire na tese *Escravidão e família escrava na Zona da Mata mineira oitocentista* (Instituto de Filosofia e Ciências Humanas, Universidade Estadual de Campinas, Campinas, 2009): "Durante a primeira metade do século XIX, o aumento da posse deste senhor [Antônio Dias Tostes, o patriarca da família] se deu, principalmente, por meio do tráfico de cativos."

— Criar e vender burros — se mostrou uma empresa
Própria para engordar as burras da família.
E quando entram os réis, com a maior presteza,
Purga-se todo opróbrio, cessa qualquer quizília.

Com este capital, o capital das mulas,
Foi que a família Tostes rascunhou a cidade
Que tantas outras mãos, anônimas e chulas,
Trataram de fazer de fato e de verdade.

Conclusão

Eis afinal a história e as tais tribulações.
Também ditas as minhas, também de outros antes,
Todas mui comezinhas, como sói aos senões
Enquanto se acumulam nas memórias e estantes

— Até que se alevantem como versão inteira
E acabada da história. Ninguém está isento
De emprestar seus caprichos, quimera e bandeiras
À escrita fantasma desse oco documento.

Era de esperar que, entre o douto e subido
Engenheiro alemão e um criador de mulas,
Os cronistas tomassem o mais cauto partido,
Pois tratava-se apenas de respeitar a bula.

A que serve o remédio de um herói sem retoques
Ou meter algum brinco nas lides da família
Tostes senão ao truque da pobre *Belle Époque*
A que refere Christo,[18] o mesmo da armadilha

---

[18] CHRISTO, Maraliz de Castro Vieira, *op. cit.*

Cifrada no bordão: "O Rio civiliza-se"?[19]
Assim, cumpre dizer, não há verdade assaz
Quando a letra da História na fábula realiza-se.
Então, que viva a gente da ficção que lhe apraz.

[19] Com a máxima "O Rio civiliza-se", o jornalista e escritor Alberto Figueiredo Pimentel, autor da seção "Binóculo", da *Gazeta de Notícias*, definiu o que pretendia como efeitos da reforma urbana realizada na então capital federal, entre 1902 e 1906, pelo prefeito Francisco Pereira Passos. Com o epíteto popular de "Bota-Abaixo", a remodelação da cidade em moldes parisienses incluiu a demolição de 614 imóveis, a abertura da Avenida Central (atual Rio Branco) e outras tantas obras que resultaram na expulsão das classes populares do centro, secundada pela proibição de costumes considerados "bárbaros e incultos". No semanário *Fon-Fon!* (ano II, n. 41, 18 jan. 1908), sob a alcunha de D. Picolino e em tom de *blague*, um cronista carioca assim se refere à reforma: "'O Rio civiliza-se!' eis a exclamação que irrompe de todos os peitos cariocas. Temos a Avenida Central, a Avenida Beira-Mar (os nossos Campos Elíseos), estátuas em toda a parte, cafés e confeitarias com *terrasses*, o *Corso* das quartas-feiras, um assassinato por dia, um escândalo por semana, cartomantes, médiuns, automóveis, *autobus*, auto... res dramáticos, *grand monde, demi-monde*, enfim todos os apetrechos das grandes capitais."

RONDÓ DAS COUSAS POR QUE FICARAM

Ao Iacyr Anderson Freitas

As cousas por que ficaram,
E glosaram as tais minas
Como sina sem vindoiros,
Não foi oiro nem diamante.

Talvez do angu com taioba,
Bem refogada na banha,
Cuidaram fosse a Cocanha
Quando esnoba seus bastantes.

Quem sabe não foi o tanto
De lambari e de piau
Com que toparam no Vau
Do Taranto ou pouco antes.

As cousas por que ficaram,
E glosaram as tais minas
Como sina sem vindoiros,
Não foi oiro nem diamante.

Quiçá porque, num tal ermo,
Podiam à larga andar
Só de ceroulas, sem dar
No estafermo dum falante.

Ou porque ao léu e enfim,
Muito à custa dos puris,
Emproaram o nariz
Com latim e *un po' di Dante.*

As cousas por que ficaram,
E glosaram as tais minas
Como sina sem vindoiros,
Não foi oiro nem diamante.

Foi talvez pelos quadris
Duma rameira Edelweiss,
Cuja fama ainda faz
Que num triz muito alevante.

Ou pelo quão apurou
Ũa outra a chave de coxa,
Quando o cinema até às trouxas
Ensinou modos bacantes.

As cousas por que ficaram,
E glosaram as tais minas
Como sina sem vindoiros,
Não foi oiro nem diamante.

Ficaram tal quem espera
Apenas firmar o céu
Para buscar aos boléus
A quimera dos errantes.

Em estado de passagem,
Mal marcaram as fronteiras,
Sempre postos na soleira
Com bagagem e rompantes.

As cousas por que ficaram,
E glosaram as tais minas,
Como sina sem vindoiros,
Não foi oiro nem diamante.

Este livro foi impresso nas oficinas gráficas da Editora Vozes Ltda.,
Rua Frei Luís, 100 – Petrópolis, RJ.